FABIAN NAVARRO
Miez Marple und die Pfote des Todes

FABIAN NAVARRO

MIEZ MARPLE

UND DIE PFOTE DES TODES

Roman

GOLDMANN

Der Verlag behält sich die Verwertung der urheberrechtlich geschützten Inhalte dieses Werkes für Zwecke des Text- und Dataminings nach § 44 b UrhG ausdrücklich vor.
Jegliche unbefugte Nutzung ist hiermit ausgeschlossen.

Penguin Random House Verlagsgruppe FSC® N001967

2. Auflage
Originalausgabe November 2023
Copyright © 2023 by Fabian Navarro
Copyright © 2023 by Wilhelm Goldmann Verlag, München,
in der Penguin Random House Verlagsgruppe GmbH,
Neumarkter Str. 28, 81673 München
Umschlaggestaltung: Favoritbüro, München
Umschlagmotiv: © shutterstock/MARCUSZ252, Perunika
KN · Herstellung: ik
Satz: Uhl + Massopust, Aalen
Druck und Bindung: GGP Media GmbH, Pößneck
Printed in Germany
ISBN: 978-3-442-20660-5

www.goldmann-verlag.de

EINS

Miez Marple starb. Vor Langeweile. Sie tat das, was einer Katze am besten liegt: jammern. Sie beschwerte sich bei jeder Gelegenheit: wenn das Futter zu früh kam, wenn das Futter zu spät kam, wenn das Futter kam, aber nicht die richtige Temperatur hatte, wenn es im Haus zu laut war, wenn es im Haus zu leise war, wenn man ihr zu viel oder zu wenig Aufmerksamkeit schenkte. Sie rekelte sich in ihrem gepolsterten Korb, streckte alle Gliedmaßen von sich und gähnte, sodass sich ihr Gesicht in eine mit Fangzähnen bewährte Grimasse verwandelte – die Fratze der Langeweile. Dabei hatte sie seit ihrem spektakulären Comeback vor einem Jahr alle Pfoten voll zu tun: Räuberische Hundebanden, terroristische Kanarienvögel und die Katzengrasmafia um Don Katzino sorgten für eine hohe Auftragslage in der Katzendetektei. Vor einem Monat hatte sie den gemeingefährlichen Betrüger Catsanova überführt, der sich bei älteren Katzendamen einschmeichelte, um sie dann um ihr gesamtes Futter zu bringen. Der dreiste Kater trieb es mit seiner Manipulation oft so weit, dass er die Menschen gegen ihre eigenen Katzen aufbrachte. Das hatte zur Folge, dass einige von ihnen sogar im Tierheim landeten, während er es sich in den warmen Körben seiner Opfer gemütlich machte. Miez Marple war über diese moralischen Abgründe nicht verwundert. Sie kannte die Stadt seit vielen Jahren und wusste, dass sie ständig neue Blüten der Bosheit hervorbrachte. Doch so aufregend der Job als Detektivin auch sein mochte: Wie in jedem Beruf setzte nach einiger Zeit eine gewisse Routine ein. Katzen kamen zu ihr, miauten herzzerreißend ihr Leid heraus und erwarteten, dass Miez Marple augenblicklich ihr Feuchtfutter der trockenen Heizungsluft überließ. Zwar liebten die meisten Katzen es, wenn ihr Alltag durch wiederkehrende Rituale strukturiert war, doch Miez Marple war nicht wie andere Katzen. Sie empfand die ständige Wiederholung als äußerst zermürbend.

Was sich jedoch seit ihrer Rückkehr geändert hatte, war ihre neu gewonnene Popularität. Ohne ihr Zutun versank die Stadt schneller im Chaos, als man miauen konnte, und das hatte die Öffentlichkeit nun endlich begriffen. Miez Marple war vor dem spektakulären Fall um Lady McPointer keineswegs eine Unbekannte gewesen, aber jetzt, jetzt war sie ein Star: Man lud sie zu feinen Abendessen in den besten Lokalen der Stadt ein, fremde Katzen und Kater grüßten sie euphorisch auf der Straße und wollten Fotos mit ihr machen, und selbst die *Bellt-Zeitung* berichtete beinahe neutral über sie. Auch um das literarische Werk der flauschigen Ermittlerin hatte sich eine kleine Fangemeinde gebildet. Ihr Lyrik-Blog *Synkopen und Pfoten* hatte mehrere Hundert Zugriffe am Tag, worüber sie sich immens freute. Ihre letzte Arbeit – ein Versepos über Lichtquadrate auf dem Fußboden – war jedoch unvollendet geblieben. Um sich inspirieren zu lassen, hatte Miez

Marple die Vorhangstangen in sämtlichen Räumen heruntergerissen. Dies hatte ihr augenblicklich einige Schelte durch die Menschenfrau Agathe Christiansen eingebracht, die in ihrem einfältigen menschlichen Zorn jede Eingebung vertrieb. Das einzig brauchbare Fragment ruhte in einem versteckten Ordner auf Agathes Laptop:

Sie liegen am Boden und locken
die Formen aus goldenem Schein
du siehst mich drin baden und hocken
los rolle dich mit mir dort ein

Gerade wollte sich die Katzendetektivin aufmachen, um an das Geschriebene anzuknüpfen, als die Katzenklappe klapperte und Kater Watson das Wohnzimmer betrat.

»Watson, mein Lieber, schön, dich zu sehen«, sagte Miez Marple und schnurrte.

»Miez, meine Teuerste, es gibt wieder Arbeit!«

»Sehr gut, vor Langeweile wird mein Fell schon ganz grau. Ich hoffe, du hast etwas Gutes für mich«, schnurrte Miez Marple.

»In der Tat gibt es eine ganze Reihe an Begebenheiten, die alle deiner Aufmerksamkeit bedürfen. Doch zunächst wollte ich dich fragen, wie es mit den Fällen steht, die ich dir vor zwei Wochen habe zukommen lassen. Ich warte da noch immer auf deine Einschätzung zu der verschwundenen Plüschmaus von Felicity Fellball.«

Watson stellte erwartungsvoll die Ohren auf.

»Das war ein ernst gemeinter Fall, Watson?! Ich dachte, das sollte ein Witz sein! Felicity Fellball ist bekannt dafür, dass sie ihre persönlichen Gegenstände über die ganze Stadt verteilt und irgendwo versteckt, als wäre sie ein zu groß geratenes Eichhörnchen.«

Miez Marple hatte sich in ihrem gemütlich eingerichteten Korb aufgerichtet und streckte sich ausgiebig.

»Nun gut, ich werde die üblichen Depots von Fellball in Augenschein nehmen. Wie steht es um den spukenden Hund im Baskervillage?«

»Ach, Watson, von wem war dieser Fall? Gisbert Puschel? Wohnt der nicht neben dem alten Chemiepark im Industriegebiet? Bei den Dämpfen, die da aus dem Boden wabern, würde ich auch Geisterhunde sehen – vielleicht sollte ich mir dort mal Inspiration für meine Gedichte suchen.«

Die Katzendetektivin gluckste über ihren Scherz. Sie sah, dass Watson um Fassung rang. In letzter Zeit hatte es immer wieder Diskussionen zwischen den beiden gegeben. Anders als Watson wollte Miez Marple nicht gleich jedem Fall üblen Nachmiauens mit dem gleichen Eifer nachgehen, mit dem sie einen Mordfall untersuchte. Schließlich hatte sie nur neun Leben. Aber Watson war immer so schrecklich seriös und behandelte alle Anliegen, die in der Detektei eintrudelten, mit größtem Ernst.

»Miez, was ist denn mit den verschwundenen Straßenkätzchen, von denen ich dir erzählt hatte? Das wird dir doch sicher –«

In dem Moment unterbrach sie ein Klopfen am Fenster. Draußen stand eine Taube und pickte mit ihrem Schnabel gegen das Glas. Sie stand etwas schräg, weil eines ihrer Beine kürzer als das andere war.

»Oh, es ist Betti!«, rief Miez Marple vergnügt und sprang auf das Fensterbrett, um ihre Freundin hereinzulassen.

»Miez und Watson! Wie schön, euch zu sehen«, sagte die Taube und wandte sich dann an Miez Marple. »Ist die Menschenfrau weg, oder muss ich mich darauf einstellen, wieder mit dem Besen verjagt zu werden?«

Miez Marple schüttelte den Kopf. »Keine Sorge, Betti. Agathe ist mit ihren Menschenfreundinnen unterwegs und wird wie immer spät in der Nacht nach Hause kommen. Dann wird sie seltsam riechen und so lange schlafen, dass ich morgen besonders hartnäckig sein muss, wenn ich Frühstück haben will.«

Die Taube flatterte herein und setzte sich auf den Esstisch, wo sie erleichtert die Reste von Agathes Croissant verspeiste. Als sie damit fertig war, sah sie Miez Marple mit großen Augen an.

»Liebste Miez, du glaubst ja nicht, was mich heute hierherführt. Das Schicksal meint es gut mit dir!«

Um Betti nach dem Tod ihres Gatten Berti etwas Ablenkung zu verschaffen, hatte Miez Marple die Taube kurzerpfot zu ihrer PR-Agentin gemacht, die alle öffentlichen Auftritte der berühmten Katzendetektivin verwaltete. Sie kümmerte sich um Stellungnahmen zu abgeschlossenen und öffentlichen Fällen und wimmelte die *Bellt-Zeitung* ab und hielt andere Tratschmedien auf einer gesunden Distanz.

»Ich habe dir durch eifriges Herumzwitschern einen Spot in Larrys Show organisieren können!«

»Larry dem Leguan?«, Miez Marple schnurrte begeistert auf. Die Talkshow mit Larry dem Leguan, *Echstravaganza*

Live!, war die beliebteste Online-Sendung der Stadt. Alle Tiere mit Rang und Namen waren dort zu Gast. Von Kitty Purry über Florian Silberschweif bis hin zu Magret Scratcher – wer bei Larry dem Leguan war, hatte es geschafft.

»Wunderbar, wann ist der Termin?«

»Das ist es ja gerade, die Aufzeichnung ist heute. Es gab einen kurzfristigen Ausfall, weil der Hasenzauberer Löffelbein sich bei einer seiner Shows verletzt hat. Also los, los, liebe Miez!«

Miez Marple wollte gerade zur Tür rennen, als Watson sich ihr in den Weg stellte.

»Miez, du weißt, ich konfrontiere dich nicht gerne mit dieser Tatsache, aber dein Name steht für die Kanzlei, und du trägst eine Verantwortung der Stadt gegenüber!«

»Und diese werde ich auch wahrnehmen, lieber Watson. Aber was die Tiere dieser Stadt brauchen, ist Hoffnung, und die werde ich ihnen geben. Der Fall kann warten. Die paar entlaufenen Kätzchen finde ich dir schneller wieder, als du Miau sagen kannst.«

Mit diesen Worten huschte sie durch die Katzenklappe und hinterließ einen düster dreinblickenden Watson, der frustriert am Teppich kratzte.

Das Studio von *Echstravaganza Live!* befand sich im Garten einer Vorstadtvilla. Das Grundstück lag etwas abseits und grenzte an ein Waldstück. Hier hatte der Mensch, bei dem Larry der Leguan lebte, dem Echsenmoderator eine große Außenanlage zur Verfügung gestellt. Die Herbstsonne schien angenehm warm und ließ den Teich in der Mitte des Rasens funkeln. Ins Wasser führte ein kleiner Steg, der als Bühne fungierte. Drum herum wuchsen Pflanzen, die während der Sommermonate prächtig blühten, wie Miez Marple aus den Videos der Show wusste. Auf der Regenrinne des Hauses saßen einige Vögel, die das Ankommen der Katzendetektivin kommentierten.

»Ersatzkatz – nach dem Ausfall von Starzauberer Löffelbein will Miez Marple beim Leguan verzaubern. Ob das gut geht?«, zwitscherte ein Spatz.

»Ist die nicht in letzter Zeit ständig in Interviews? Wird langsam öde«, rief eine Drossel.

»Ich hoffe, sie liest nicht schon wieder eines ihrer Gedichte vor«, antwortete ein Rotkehlchen, das Miez Marple schon seit einiger Zeit im Visier hatte. Doch die Katzendetektivin hatte gelernt, derlei Gemeinheiten als Hintergrundrauschen ihres Ruhmes zu verstehen. Es war ein plappernder Abgrund, der absolut harmlos war, solange man nicht in Versuchung kam, in ihn hineinzumiauen. Betti und Miez Marple kamen an den Eingang des Studios – ein Loch im Gartenzaun. Gerade wollten sie hindurchschlüpfen, als aus dem Gras etwas auf sie zugeschlängelt kam und sich etwas unbeholfen aufrichtete:

»Ach, na endlich sind Sssie da! Ich warte schon eine halbe Ewigkeit. Sssybylle Zisch mein Name. Ich bin die Aufnahmeleiterin«, sagte die schuppige Gestalt, und aus ihrem geöffneten Maul zuckte nervös ihre Zunge hervor. »Kommen Sssie schon, wir haben nicht den ganzzzen Tag Zzzeit, dasss Licht wird nicht bessser, wenn wir hier stehen bleiben.«

Miez Marple wollte ihrem hektischen Empfangskomitee folgen, doch da merkte sie, dass Betti hinter ihr erstarrt war.

»Was ist los, Betti? Alles in Ordnung? Komm schon, ich brauche dich hier!«, sagte Miez Marple.

»Ich kann nicht. Miez, ich habe Angst vor ...«, sie senkte die Stimme, »vor Schlangen.«

»Ssso ein Quatsch«, fuhr Sybylle Zisch dazwischen. »Ich bin eine Blindschleiche, aber weder blind noch taub. Dass Einzige, wasss ich fresse, sind Schnecken, aber wenn Sssie weiterhin hier den Betrieb aufhalten, halte ich Sssie womöglich noch für eine!«

Zögernd und mit etwas Abstand folgte Betti Miez Marple und der Aufnahmeleiterin zur Mitte des Gartens. Je weiter sie gingen, desto deutlicher offenbarte sich ihnen die Maschinerie hinter der Show. Zwei Schildkröten mit kleinen Kameras auf ihren Panzern brachten sich gegenüber dem Steg, auf dem die Show stattfinden würde, in Position. Dort saß bereits ein buntes Publikum aus Vögeln, Katzen und einem Cockerspaniel, der aufpasste, dass niemand gefressen wurde. Vor dem Publikum huschte eine Zauneidechse als Warm-up hin und her und erzählte ein paar Witze, damit die Menge, sobald die Show begann, auch gut gelaunt war.

»Kennt ihr das, wenn ihr so die Wand hochrennt und oben feststellt, dass ihr unten etwas vergessen habt, und noch mal komplett zurückrennen müsst? Meganervig.«

Das Publikum, insbesondere die Reptilien und ein Eichhörnchen, johlte. Die Eidechse fuhr fort: »Letztens war ich mit meinem Freund essen, und er meinte, ob ich mich schon wieder gehäutet hätte, und ich so: Nein?! Ich sehe immer so fantastisch aus?!«

Die geschuppte Komikerin wartete ein paar Lacher ab.

»Jedenfalls ist er jetzt mein Echsfreund.«

Ein Gecko im Publikum fiel vor Lachen von dem Ast, auf dem er gesessen hatte.

»Warten Sssie hier. Wenn das Warm-up durch issst, kommt Larry auf die Bühne und moderiert Sssie an. Bleiben Sssie einfach Sssie selbst und beantworten Sssie einfach ssseine Fragen.«

Miez Marple nickte, verdrehte aber die Augen, als Sybylle wegsah. Sie hatte diese Show schon so oft gesehen, dass sie wusste, wie das hier ablaufen würde. Schließlich war sie Profi. Das Publikum jubelte der Zauneidechse zu, die mit dem Kopf nickte, was wohl ihre Art einer Verbeugung war.

»Nächste Woche steht hier an meiner Stelle mein Kollege, der Gagcko, ich war Susi Spassilisk, und nun viel Spaß mit Larry dem Leguan!«

Die Schildkröten sahen sich an und drehten sich mit ihren Kameras so, dass sie eine Stelle zwischen den Pflanzen filmten. Aus dem Off zischte eine Stimme: »Sehr geehrte Echsen, Schlangen und Tiere, deren Fell schuppig ist! Herzlich willkommen zu *Echstravaganza Live!* Heißen Sie den Moderator der heutigen Show willkommen. Hier ist für Sie: LARRY DER LEGUAN!«

Ein Zischen, Zwitschern, Miauen und Bellen erhob sich, als Larry der Leguan zwischen den dichten Halmen hervortrat. Sein glänzender Kopf erinnerte an einen Dinosaurier. Seinen Rücken zierte ein prächtiger Schuppenkamm, und von seinen Nasenlöchern bis zu seinem Schwanzende maß er weit über einen Meter Länge. Züngelnd lächelte er ins Publikum, während er sich mit seinen martialischen Klauen seinen Weg zur Bühne bahnte. Als sich der Lärm gelegt hatte, sah Larry noch eine Weile ins Publikum. Das machte er immer. Wenn die Menschen Aufzeichnungen von der Show sahen, dann war es für sie nur ein weiteres »Cat reacts to green iguana«-Video, aber für alle anderen Tiere war es das größte Highlight der Woche. Miez Marple ließ ihren Schwanz vor Aufregung in leichter S-Form hin und her schwingen.

»Denk immer dran«, sagte Betti und stupste die Katzendetektivin in die Seite, »du erzählst einfach von deinen Fällen und bist so charmant wie eh und je!«

Miez Marple nickte. Larry begrüßte das Publikum und machte ein paar Einstiegsgags, die sich auf das aktuelle Tagesgeschehen der Stadt bezogen.

»Und habt ihr schon gehört? Magret Scratcher – diese Bitterkeit auf vier Pfoten – hat ihr Wahlprogramm vorgelegt. Und ich war *überrascht*! Nein, wirklich wahr! Sie verspricht mehr Fairness, mehr Futter für alle, mehr Sicherheit auf den Straßen. Das – also ich würde sie wählen.«

Ein Gemurmel ging durch die Reihen, als die Katzenbürgermeisterin erwähnt wurde.

»Ehrlich, ich würde sie wählen. Also wenn ich weniger prächtige Schuppen hätte. Und mehr Fell. Und Schnurrhaare. Und noch mehr Geltungsbedürfnis. Kurz gesagt: Ich würde sie wählen, wenn ich eine Hauskatze wäre.«

Erleichtert lachte das Publikum auf. Larrys Show war besonders beliebt bei jenen Tieren, die nicht von Scratchers Gesetzgebung profitierten. Zwar sollte die Katzenbürgermeisterin das friedliche Zusammenleben aller Tiere in der Stadt regeln, aber in den letzten Jahren hatten sich die juristischen Vorgaben immer mehr in eine Richtung entwickelt, die besonders Hauskatzen bevorzugte. Die Katzenpolizei ging immer härter gegen Straßenkatzen, Hunde, Vögel und andere Lebewesen vor. Unter dem Deckmantel der Sicherheit gab es immer wieder Ausgangssperren für Klein- und Nagetiere, und jene, die sich nicht daran hielten, wurden einfach für fressfrei erklärt. Das hatte große Unruhen nach sich gezogen, die schließlich in Kriminalität und Gewalt kumulierten.

»Wo wir gerade bei Stubentigern sind! Wir haben heute eine kleine Berühmtheit zu Gast, die sich in der Vergangenheit immer bemüht hat, für wirkliche Fairness zu sorgen! Bitte heißt sie willkommen, die berühmteste Detektivin der Stadt: Miez Marple!«

Betti stieß sie an. »Los, du schaffst das!«, gurrte sie ihrer Freundin zu.

Miez Marple ging unter dem Jubel des Publikums auf den Teich zu. Vorsichtig setzte sie eine Pfote auf den Steg und nahm mit etwas Abstand vor dem Leguan Platz.

»Miez Marple, herzlich willkommen!«, sagte Larry und nickte ihr zu.

»Danke für die Einladung, Larry. Ich bin ein großer Fan der Show«, antwortete Miez Marple.

»Wirklich? Hochinteressant! Das ist aber ungewöhnlich für eine Katze.«

Miez Marple klappte verwundert die Ohren nach hinten. »Wieso? Sie haben doch auch Katzen im Publikum.«

»Schätzchen, hier sitzt die Straße!«, rief ein Kater ihr zu. Es wurde gekichert. Doch Larry blieb ernsthaft, züngelte kurz und bohrte noch einmal nach: »Sie ermitteln seit einem Jahr wieder, Miez Marple. Glauben Sie, die Stadt hat sich verändert?«

Die Katzendetektivin überlegte kurz und putzte ihre Vorderpfote. Wenn sie so drüber nachdachte, waren die größeren Fälle, die sie untersucht hatte, schon recht grausam gewesen. Vor Catsanova hatte sie den Fall mit den gehackten Futterautomaten gelöst. Ein abtrünniges Mitglied vom Chaos Cat Computer Club hatte die computergesteuerten Fütterungsmaschinen umprogrammiert, sodass sie zu völlig anderen Zeiten ausgelöst wurden. Der Hacker schnappte sich das Futter, wenn die Katzen und Kater schliefen, und wenn die dann ihre Menschen später hungrig anmiauten, so glaubten diese, ihre Vierbeiner hätten schon gegessen. Miez Marple räusperte sich und sagte dann: »Also, ich glaube, dass die Angst zugenommen hat, Larry. Es sind dunkle Zeiten, aber ich denke, ich ...«

Doch Larry unterbrach sie: »Hochinteressant! Angst! Können Sie das genauer beschreiben, diese ›Angst‹? Würden Sie sagen, Sie sind gelähmt von ihr?«

Worauf wollte Larry hinaus? Sie hatte eigentlich vorgehabt, ein paar Worte der Zuversicht auszusprechen, schließlich war sie zum Symbol der Hoffnung geworden. Larry kam auf sie zu. Beim Gehen schwabbelte seine Kehlwamme hin und her. Er war ihr jetzt so nahe, dass er fast ihr gesamtes Sichtfeld ausfüllte. Miez Marple räusperte sich erneut.

»Gelähmt? Nein, ich denke nicht. Angst ist häufig nur die Furcht vor dem Unbekannten, und ich habe die Absicht, Licht in dieses Dunkel, in diese Stadt zu bringen!«

»Hochinteressant. Jaja, sehr poetisch, könnte man sagen. Sie sind ja auch Dichterin, nicht wahr?«

»Ja, in meiner Freizeit schreibe ich, und …«, doch Larry unterbrach sie ein weiteres Mal.

»Dann wollen wir doch mal sehen, ob Sie sich hierauf einen Reim machen können, Miez Marple.« Er wandte sich wieder zum Publikum. »Begrüßen Sie hier auf der Bühne unseren Überraschungsgast Kater Pluto!«

Ein schwarzer Kater kam auf die Bühne. Sein Fell wirkte zerzaust, und seine Augen waren leicht eingefallen. Miez Marples Fluchtreflexe machten sich bemerkbar. Sie kratzte sich mit ihrem Hinterbein am Ohr.

»Pluto, herzlich willkommen«, sagte Larry in einem wesentlich freundlicheren Tonfall. Der Kater setzte sich mit ernstem Blick auf die andere Seite neben den schuppigen Moderator.

»Danke, Larry«, sagte er. »Es bedeutet mir viel, dass Sie mich eingeladen haben.«

Miez Marple sah hinüber zu Betti, doch die zuckte nur mit ihren Flügeln und bedeutete der Katzendetektivin, abzuwarten.

»Pluto, können Sie mir und dem werten Publikum erklären, wer Sie sind?«, fragte Larry. »Erzählen Sie uns Ihre Geschichte!«

»Ich wohne im Stadtpark in der Streunerkolonie. Wir haben nicht viel, aber wir haben einander.« Dabei bedachte Pluto die Katzendetektivin mit einem Blick, den sie absolut nicht zu deuten wusste. »Früher war ich ein Hauskater. Ich hatte einen großen Garten und einen modularen Kratzbaum mit zwei Höhlen und drei Plateaus, der über vier Meter hoch war!«

Die Katzen im Publikum raunten. »Aber dann hat meine Partnerin unsere Kätzchen bekommen, und den Menschen, bei denen ich wohnte, hat das gar nicht gepasst. Sie haben die Kleinen genommen und wollten sie im Fluss ertränken!«

Ein empörtes Raunen ging durch das Publikum. Larry sah weiter mit starren Echsenaugen auf den Kater. »Wir konnten nur ein Kätzchen retten. Ich bin dann von zu Hause abgehauen, und …« Pluto stockte, und seine Schnurrhaare zitterten ein wenig. Ein paar Streuner im Publikum maunzten gerührt. Die Detektivin grub in ihren Erinnerungen, doch egal, wie sehr sie sich bemühte: Dieser Kater kam ihr in keiner Weise vertraut vor.

»Miez Marple«, sagte nun Larry und wandte sich wieder an die flauschige Ermittlerin. »Sie kennen Kater Pluto nicht zufällig, oder?«

Larry sah sie prüfend an. Miez Marple blickte hinüber zu dem fremden Kater, der sie ebenfalls erwartungsvoll beobachtete. Und da ahnte sie plötzlich, was hier gespielt wurde. Sie sollte dem armen gebeutelten Kater Mut zusprechen! Oft wurden prominente Kater und Katzen dafür eingesetzt, Fans aufzumuntern, die es im Leben besonders schwer hatten. Florian Silberschweif zum Beispiel gab oft Benefizkonzerte vor der Notaufnahme der Tiernotfallambulanz. Sie räusperte sich und sagte: »Es tut mir sehr leid, was Ihnen passiert ist. Aber wenn Sie wollen, können wir gerne ein gemeinsames Foto machen, oder ich kann Ihnen ein Autogramm …«

Pluto fauchte. »Sie sind ja noch aufgeblasener, als ich dachte!«

»Hochinteressant! Hochinteressant!«, jauchzte Larry. »Sie kennen Miez Marple also durchaus, Pluto?«

»Natürlich kenne ich die! Überall spielt die sich auf! Selbst bei den Kötern von der *Bellt-Zeitung* geht die hausieren! Aber wenn mal wirklich jemand Hilfe braucht …« Hier stoppte Pluto.

»Hochinteressant! Also, diese Hilfe, von der Sie da sprechen: Was meinen Sie genau damit? Was ist Ihr Problem?«

»Mein Baby, mein Kätzchen Brösel ist einfach verschwunden und nicht wieder aufgetaucht. Seit Tagen sind meine Gefährtin und ich auf der Suche nach ihm, wir haben kein Auge zugetan, seit Brösel weg ist.«

»Und Sie haben sich an diese Katze da gewandt?«, fragte Larry und sah mit einem giftgelben Auge zu Miez Marple herüber.

»Pah, man erreicht diese Wichtigtuerin ja gar nicht! Überall heißt es, Miez Marple hier, Miez Marple da, aber was hat sie schon geleistet? Den Mord an einem Menschen aufgeklärt und einen reichen Schlagerstar gerettet. Den Rest hat sie ohnehin von anderen erledigen lassen. Und dann diese fellsträubende Story von Keimen im Trinkwasser und Experimenten an Katzen – das klingt doch alles nach Science-Fiction und ausgedacht! Da glaub ich eher, dass Menschen reden können. Wer war schon dabei und kann bestätigen, dass das nicht auch eines ihrer schlechten Gedichte ist?!«

Pluto redete sich in Rage und machte einen Buckel vor Miez Marple. Aus dem Hintergrund schaltete sich Betti ein: »Ich! Ich war dabei und mein Berti, er …«, doch das Publikum kreischte sie so lange an, bis sie den Schnabel hielt. Larry ignorierte den Einwand der Taube ebenfalls, und als sich der Lärm gelegt hatte, fuhr er fort: »Also würden Sie sagen, dass Miez Marple nicht helfen *wollte?*«

»Ich habe mich immer wieder an diesen Watson gewandt, der die Drecksarbeit für die feine Mieze hier macht. Der war zwar höflich, doch am Ende auch nichts als ein heuchlerischer Flohsack. Was die beiden interessiert, ist nur, wie sie möglichst nah an Magret Scratchers Hinterteil schnuppern können!«

Miez Marple hatte genug. Man konnte Watson und ihr vieles vorwerfen, aber das hier ging eindeutig zu weit. Sie stand auf und rannte auf den Kater zu. Sie wollte ihn zur Rede stellen, ihm seine Gemeinheiten aus der zerzausten Schnauze hauen, doch der Steg unter ihr gab mit einem Mal nach, und so landete die Katzendetektivin mit einem gewaltigen Platscher im Teich. Die Menge johlte.

»Hochinteressant! Die dunkle Seite der Miez Marple. Hochinteressant, hochinteressant!«, rief Larry sardonisch ins Publikum. Mit weicherer Stimme richtete er sich an Pluto, der nun zitternd auf dem Steg saß und ins Leere starrte: »Wir wünschen Ihnen, Pluto, alles Gute und hoffen, dass Sie Ihr Kätzchen alsbald wiederfinden. Wenn Sie da draußen Hinweise auf ein Kätzchen haben, das ohne Eltern durch die Stadt streift, melden Sie sich bei unserer Show. Wir sehen uns nächste Woche wieder, wenn es wieder heißt: *Echstravaganza Live*!«

Miez Marple strampelte unter dem Gekreisch des höhnischen Publikums aus dem grünen Nass und schleppte sich beschämt durch das Loch im Zaun davon. In ihrer Nase lag der Geruch von Algen, brackigem Wasser und Scham. Im Hintergrund hörte sie, wie die Vögel von der Regenrinne in die Luft stiegen und in die Stadt hinauszwitscherten:

»Die Reinfälle der Miez Marple – Katzendetektivin blamiert sich bei Larry dem Leguan!«

»Die Peinlichkeit trägt Fell. Miez Marple, die Selbstgerechtigkeit auf vier Pfoten!«

»Hoffentlich schaut sich Miez Marple einen Trick von Löffelbein dem Hasenzauberer ab und verschwindet – für immer!«

Die Katzendetektivin schüttelte sich, glitzernde Tropfen flogen in alle Richtungen. Betti flatterte ihr hinterher, unfähig, auch nur ein Wort von sich zu geben, denn die Taube ahnte, was nun folgen würde.

ZWEI

Die Nacht hatte sich über die Vorstadtsiedlung gelegt. Am Himmel hing ein zunehmender Mond, in dessen Licht sich die Zweige der kahlen Bäume wie Echsenklauen in der Dunkelheit festkrallten. Gelegentlich huschten Fledermäuse durchs Geäst auf der Suche nach Motten und Getier. Hier am Stadtrand war nichts zu hören von dem Hupen und Großstadtgekreisch. Einzig das Miauen einer weißen Katze mit schwarzen Flecken zerriss die Stille.

»Warum machen die sich so einen Aufwand, mich derart zu demütigen?!«, rief Miez Marple. »Eine Farce! Ich hätte es ahnen müssen, als dieses niederträchtige Reptil mir bloß halb gare Fragen gestellt hat!«

Betti segelte in respektvollem Abstand über der Katzendetektivin. »Du wirst sehen! Morgen haben das alle wieder vergessen. Mein Berti hat immer gesagt, dass Skandale flüchtiger sind als der Wind«, versuchte die Taube Miez zu beruhigen.

In diesem Moment flog eine Nachtigall vorbei und sang:

»Sich bloß das Fell nicht schmutzig machen – Die große Sonderausgabe zu Miez Marple und ihrem elitären Gerechtigkeitsverständnis. Morgen in der *Bellt-Zeitung*!«

Schneller, als Betti gucken konnte, war Miez Marple hinter dem Vogel hergesprungen. Sie verfehlte seine Schwanzfedern um Schnurrhaaresbreite und landete in einer Gartenhecke. Die Nachtigall flatterte unter einer Schimpftirade davon. In einem Haus ging das Licht an, und eine Menschenfrau sah mit schlafverquollenem Blick hinter den Gardinen hervor. Miez Marple blickte ihr für einen Moment in das fellfreie Gesicht. Ein bemitleidenswertes Geschöpf, diese Zweibeinerin, wie sie mit ihren schwachen Äuglein die Dunkelheit absuchte, ohne einen Schimmer davon zu haben, was sich in der Welt wirklich abspielte. Nachdem sie sich das Gestrüpp aus dem Fell geleckt hatte, setzte Miez Marple ihren Weg fort.

»Was hast du jetzt vor, Miez?«, fragte Betti vorsichtig, als sie merkte, dass Miez Marple kurz vor ihrem Zuhause abbog. Offenbar hatte sie nicht so bald vor, die heimische Katzenklappe aufzusuchen. Ohne ihren Blick von der Straße vor sich abzuwenden, fauchte sie: »Sie wollen eine Ermittlerin? Die können sie haben!«

Die Stadtteilbibliothek war um diese Uhrzeit selbstverständlich geschlossen. Der einzige Eingang war nun die Katzenklappe in der Terrassentür hinter dem Hauptgebäude. Miez Marple schlich durch den Garten. Watson würde ihr eine Standpauke halten, so viel war klar. Doch zu diesem Zeitpunkt wollte sie nur eins: das lächerliche Verschwinden dieses Kätzchens schneller aufklären, als die Presse ihre hämischen Berichte verfassen konnte. Geräuschlos glitt sie durch die Katzenklappe. Betti hatte sich in der Zwischenzeit draußen auf dem Dach niedergelassen, um sich das Gefieder zu putzen und ihre »Energie neu auszurichten«. Miez Marple war klug genug, Bettis esoterische Marotten nicht zu kommentieren. In Bibliotheken fühlte sich Miez Marple immer wohl. Hier war sie umgeben von den Ideen und dem Wissen Tausender fremder Köpfe. Stimmen, die sich nicht aufdrängten, sondern darauf warteten, von ihr gehört zu werden. Bücher lesen war die höflichste Art der Kommunikation. Ein Buch drängte sich nicht auf und war auch nicht nachtragend, wenn man es mitten im Satz unterbrach und erst Wochen später wieder in die Unterhaltung einstieg. Auch wenn viele der Werke hier Menschen zugeschrieben wurden, so war ihr natürlich klar, dass sich hinter albernen Namen wie Dante Alighieri oder Francesco Petrarca eigentlich Katzen verbargen, die ihre menschlichen Gefährten erst auf die Ideen zu ihren Werken gebracht hatten. Die Zweibeiner hatten meistens nur eine ausführende Rolle. Sie waren fleischige Schreibmaschinen, die sich durch Miauen, Schnurren und niedliche Blicke manipulieren ließen. Clemens Berentatzo, Miauscha Kaléko und Joachim Ringelkatz – das waren die Geister, die beim Lesen zu Miez Marple sprachen. Allerdings hatte die Katzendetektivin zu diesem Zeitpunkt alles andere im Kopf, als sich an der Prosa von Gustave Flauschbert zu erfreuen. Sie schlich durch die Regalreihen und schnupperte nach ihrem Freund.

»Watson?«, rief sie leise. »Watson, mein Lieber, es tut mir leid, dass ich dich so habe abblitzen lassen. Ich verspreche dir, ich werde ab sofort eine brave Katze sein und mich um alle Fälle kümmern, die du mir bringst.«

Stille. Die Katzendetektivin bog in einen Gang und hielt plötzlich inne. Überall auf dem Boden verteilt lagen Bücher,

Notizen und herausgerissene Seiten, darunter eine Ausgabe von H. P. Lovecats okkulter Geschichte *Der Ruf der Katzhulhus*. In Stadtplänen hatten Krallen unterschiedliche Orte durchgestrichen. Das war Watsons Art zu recherchieren, die ihm schon des Öfteren Ärger bei den Bibliotheksangestellten eingehandelt hatte. Allerdings schien er seine Arbeit diesmal hektisch verrichtet zu haben. Entweder hatte er etwas entdeckt, oder, Miez Marple schluckte, es war ihm etwas zugestoßen. Es wäre nicht das erste Mal gewesen, dass sich Watson auf eigene Pfote in Schwierigkeiten brachte, weil Miez Marple gerade nicht zur Stelle war. Wenn ihr Freund eine Spur entdeckt hatte, so verfolgte er sie bis aufs Äußerste und vergaß dabei manchmal, dass er nur ein kleiner schwarzer Kater war, der gegen die Feindseligkeit der Welt antrat.

»Watson?«, rief Miez Marple nun ein wenig lauter. Nichts. Mit einem Mal sah sie aus dem Augenwinkel einen Schatten unter einem Regal vorbeihuschen. Miez Marple begab sich in Lauerstellung, und ihre Schnurrhaare begannen zu zittern. Geduckt schlich sie voran. Da, ein weiterer Schatten, doch diesmal war er am anderen Ende des Raumes.

»Du brauchst dich nicht zu verstecken. Bitte, es tut mir leid. Können wir einfach miteinander sprechen und uns an den Fall setzen?«

Ein Kichern erklang. Ein Kichern? Kein Geräusch war so unwatsonhaft wie dieses. Miez Marple war so verwundert, dass sie sich prompt hinsetzte und die Zunge aus ihrem Mund hängen ließ. Als sie sich wieder gesammelt hatte, horchte sie erneut. Es blieb still. Wer auch immer hier war, es war nicht Watson. Zwar haftete sein Geruch an den Seiten auf dem

Boden, doch da war noch etwas anderes. Sie kroch unter einer Ratgeberserie für Rasenmäher hindurch und arbeitete sich durch die Botanik-Abteilung vor zu den Regalen mit historischen Bildbänden. Da war es wieder. Das Kichern kam nun von drei Seiten. Die Katzendetektivin drehte ihren Kopf in die Richtung, wo es ihr am nächsten schien. Sie musste es versuchen. Sie sammelte alle Kraft in den Hinterpfoten und sprang kunstvoll über die Geschichte Europas vom Mittelalter bis heute und bekam eine Gestalt zu fassen. Mit ihren Pfoten nagelte die Katzendetektivin ihren Verfolger am Boden fest. Sie sah in Augen, die entgegen ihrer Erwartung alles andere als bedrohlich waren. Im Gegenteil. Diese Augen waren ausgesprochen süß und niedlich.

»Du bist!«, sagte das Fellknäuel unter Miez Marple und bekam einen Lachanfall.

»Du hast verloren, Schnurrstus!«, rief es hinter Miez Marple. Schrittchen näherten sich. Erst jetzt hatte die Katzendetektivin Gelegenheit, zu realisieren, was hier vor sich ging. Links und rechts von ihr standen nun zwei Kätzchen. Das eine hatte ein rötlich leuchtendes Fell, das andere war graublau. Ein drittes, etwas pummeligeres weißes Kätzchen wand sich unter ihrem Griff hervor. Alle drei waren erst wenige Monate alt.

»Was ist hier los? Was macht ihr hier?«

Das weiße Kätzchen setzte sich auf, putzte sich und sah die Katzendetektivin freudig an.

»Wir spielen Beschattung! Die hohe Kunst der Observation.«

»Wer als Erstes entdeckt wird, verliert«, sagte das rote Kätzchen.

»Ja, und jetzt hat unser Erster wohl verloren!«, feixte das graublaue Kätzchen.

»Ihr solltet hier verschwinden«, sagte Miez Marple. »Aber wenn ihr schon hier herumschleichen müsst: Habt ihr zufällig einen schwarzen Kater gesehen?«

»Watson?«, fragte das weiße Kätzchen. »Nein, aber wir können Indizien suchen, die auf seinen Verbleib hindeuten!«

»Zumindest redest du fast wie er«, sagte Miez Marple. »Woher kennst du seinen Namen?«

»Ich glaube, es ist an der Zeit, dass wir uns einmal vorstellen«, sagte das weiße Kätzchen und plusterte sich zu einer kleinen Flauschkugel auf.

»Wir sind die drei Pfoten – wir lösen jeden Fall! Erster Detektiv Schnurrstus Jonas, zweiter Detektiv Peter Paw, Recherchen und Archiv Bobcat Andrews. Wir sind außerordentlich große Fans.«

Miez Marple sah die drei Kätzchen der Reihe nach an. Sie waren so klein und tapsig und noch nicht einmal in der Lage, still zu sitzen. Ständig fingen sie an, miteinander zu raufen, sich zu putzen oder übereinanderzupurzeln. Dass sie sich von diesen drei Winzlingen hatte nervös machen lassen, war ein deutliches Warnzeichen, dass sie nervlich am Ende war.

»Es ist sooo cool, dass wir dich hier treffen!«, sagte Peter.

»Du hast Catsanova geschnappt und die Mäusegang und Don Katzino in die Flucht geschlagen!«

»Ja!! Bam, bam, bam!«, brüllten Schnurrstus und Bobcat und stellten wilde Kampfszenen nach, wobei sie einige Bücher aus den Regalen fegten.

»Wir haben unser Trio gegründet, weil wir von dir gehört

haben, Miez Marple!«, sagte Peter. »Wir wollen die gemeinen Fieslinge in der Stadt hinter Gitter bringen!«

»Sollen wir dir suchen helfen?«, fragte Schnurrstus. Doch bevor die Katzendetektivin antworten konnte, waren die drei Nachwuchsermittler schon in alle Richtungen davongelaufen, mit einem Eifer, wie ihn nur ganz junge Kätzchen haben. Sie waren so beschäftigt damit, auf Regale zu klettern, Bücher zu zerkauen und miteinander zu raufen, dass sie nicht mitbekamen, wie Watson durch die Katzenklappe geschlichen kam. Er blickte verwundert erst auf das Chaos, dann auf Miez Marple, die still in dessen Mitte saß. Schweigend setzte er sich neben seine Freundin und beobachtete mit ihr, wie Bobcat und Peter das Buch *Sich im Ton vergreifen – Töpfern für Anfänger* völlig zerlegten.

»Ich habe deine Show gesehen«, sagte Watson, ohne Miez Marple dabei in die Augen zu blicken.

»Können wir das vielleicht vergessen und uns um das verschwundene Kätzchen kümmern?«, fragte Miez Marple.

»Natürlich. Wir sollten nur vorher diese drei Energiebündel loswerden.«

Miez Marple atmete auf. Watson war noch kühler als sonst, aber immerhin redete er mit ihr.

»Danke, ich verspreche, ich werde alles tun, damit der Fall so schnell wie möglich erledigt ist.«

»Eine Sache noch, Miez«, sagte Watson, und jetzt sah er sie an. »Du hast dich in den letzten Monaten ganz schön verändert. Woher der plötzliche Sinneswandel?«

»Na, ich will den Fall lösen, Watson«, sagte Miez Marple.

»Ich hegte den Verdacht, dass das Desaster bei Larry dem

Leguan tief sitzende Rachegefühle in dir freigesetzt haben könnte. Ich habe Angst, dass du nun einfach nur allen beweisen willst, dass du wirklich diese nahezu übermächtige Katzendetektivin bist, die alles lösen kann, wenn sie nur will, und die obendrein moralisch immer einwandfrei handelt. Und dass sich so über die Zeit ein Überlegenheitsgefühl einstellt, das dich immer weiter von der Realität abdriften lässt zu einem dunklen Teil deiner Psyche.«

»Ach was«, sagte Miez Marple ein wenig zu laut. »Du liest zu viele zweitklassige Krimis mit durchschaubaren Figuren!«

Watson sah den Kätzchen zu, die gerade Papierfetzen im ganzen Raum verteilten.

»Von denen ist ohnehin nichts mehr übrig.«

Nachdem die Nachwuchsdetektive ihr Werk vollbracht hatten, schleppten sich die drei Pfoten mit müden Augen in Richtung Ausgang.

»Miez Marple, wir werden ihn finden«, sagte Peter Paw schläfrig. Bobcat blinzelte schwer und murmelte dann: »Oh, der da sieht ein bisschen aus wie Watson. Frag ihn mal nach Hinweisen.«

Als auch Schnurrstus flauschiger Hintern durch die Katzenklappe verschwunden war, begannen Miez Marple und Watson erst einmal ein wenig aufzuräumen, damit sich der Zorn der Bibliotheksangestellten im Rahmen hielt.

»Wo warst du eigentlich?«, fragte Miez Marple, während sie die Reste eines Sebastian-Fitzcat-Romans in einer Topfpflanze versteckte.

»Ich bearbeite auch meine eigenen Fälle, das weißt du doch, Miez!«

Miez Marple wollte gerade zu einer Frage ansetzen, da fuhr Watson fort: »Jetzt, wo du wieder mit dabei bist, Miez, lass uns keine Zeit verschwenden und uns auf den Weg machen.«

DREI

Miez Marple kämpfte gegen die Müdigkeit an. Selten in ihrem Leben war sie so lange wach gewesen. Seit über fünf Stunden hatte sie keinen Nap, keinen kleinen Nachmittagsschlummer und schon gar kein Nickerchen gemacht. Der nasskalte Asphalt unter ihren Pfoten belebte sie ein wenig. Auch der Geruch von Kaminrauch, der auf die Kühle des Herbstes traf, hauchte der Katzendetektivin ein wenig Leben ein. Watson schritt neben ihr her. Dabei lieferte er Miez Marple alle Details zu den verschwundenen Kätzchen und klang wie immer, als hätte er Fremdwörter im Napf gehabt.

»Der Beginn der Anomalien lässt sich nicht genau datieren«, sagte er. »Anfangs gingen die Ansässigen der Streunerkolonie von einem regulären Schwund aus.«

»Regulärer Schwund?«, fragte Miez Marple.

»Du weißt schon, Miez: Hunger, Autounfälle, Straßenhunde, Straßenkatzen, Menschen, Kriminalität, Adler ...«

»Adler? Watson, wir leben in der Stadt, ich habe in all den Jahren höchstens einmal einen Falken oder einen Raben gesehen.«

»›Die Boten des Todes‹, wie es bei Edcat Allan Paw heißt!«

Miez Marple verdrehte die Augen. Ihr Freund hatte wenig schlechte Eigenschaften, aber er ließ selten eine Gelegenheit aus, wenn es darum ging, zu zeigen, wie viel Weltliteratur er bereits verschlungen hatte.

Sie kamen dem Toben des Stadtzentrums immer näher. Hier wich der Himmel monolithischen Wolkenkratzern, an denen schnell wechselnde Werbeanzeigen leuchteten. Es roch nach Abgasen, verschmortem Gummi und ranzigem Fett. Ein Grundrauschen aus Verkehr und Baustellenlärm vermischte sich mit dem Dröhnen von Millionen von Zweibeinern gepaart mit Bellen, Fiepen und Schreien.

»Mausern für Mauersegler – die Federkleidtrends für den kommenden Winter sind da!«, rief ein Haussperling.

»Miez Marple in der Stadt gesichtet! Wie traut die sich noch vor die Tür?«, pfiff ein Rotkehlchen.

»Jeden Mittwoch auf dem Dach des Doms: Heiße Schwalben in deiner Nähe wollen dich kennenlernen!«, schrie eine Stimme, die jedoch verdächtig nach einem Turmfalken klang.

Miez Marple versuchte ihnen keine Beachtung zu schenken.

Die Streunerkolonie befand sich in einem kleinen Park nahe dem Wochenmarkt. Watson und Miez Marple reckten interessiert die Nasen in die Luft, um die Fülle an interessanten Gerüchen zu erhaschen. Da waren frisch gehacktes Basilikum, Kardamom und Salbei. Die Menschen waren so sehr damit beschäftigt, herumzulaufen, zu schauen und wütend gestikulierend aufeinander einzureden, dass sie von der vierbeinigen Ermittlerin und ihrem Assistenten keinerlei Notiz nahmen. Hinter dem einladend duftenden Stand der Fischverkäuferin erblickte Miez Marple eine Katze und einen Kater, die sich über einen Eimer mit Resten hermachten. Die Detektivin ging auf die beiden zu. Kaum hatte sie ein paar Schritte getan, stellten beide die Ohren auf und sahen sie aus stechenden Augen heraus an. Es handelte sich um eine grau-weiße Kurzhaarkatze und einen rötlichen Perserkater. Das Fell der beiden war verfilzt, und dem Perserkater fehlte ein Stück vom rechten Ohr. Die Kurzhaarkatze stellte ihr Fell auf und fauchte die Detektivin an:

»Verzieh dich, Hausmieze! Gibt's nicht irgendwo ein paar Menschenbeine, um die du herumstreichen kannst?«

»Hey!«, rief Watson und kam auf die beiden zu, »sie gehört zu mir.«

Die Katze machte einen Buckel und hatte bereits ihre Krallen ausgefahren, als sich plötzlich ein Ausdruck der Verwunderung auf ihr Gesicht stahl und sie überrascht miaute: »Ripper, du alter Ganove!«

Sie kam interessiert auf Watson zu, musterte ihn von oben bis unten aus ihren goldenen Augen und würdigte die Detektivin keines weiteren Blickes.

»Das ist ja eine Ewigkeit her. Mir hat man erzählt, dich hätte ein Bus erwischt. Dachte, du schaust dir jetzt die Maulwurfstunnel von unten an. Ich habe dich vermisst, mein Wilder.«

Langsam, beinahe tänzelnd umkreiste die Katze den kleinen schwarzen Kater und schnurrte vergnügt. Miez Marple fiel auf, wie überraschend unsouverän ihr Freund wurde, denn es dauerte etwas zu lange, bis er antwortete.

»Twilight, welch unerwartete Koinzidenz. Die Freude ist ganz meinerseits.«

Die Katze lachte.

»Ha! So, wie du aussiehst und redest, scheint es das Leben ja gut mit dir zu meinen. Hättest dich ruhig mal melden können.«

»Also, ich ... Ich habe einen Lebenswandel vollzogen, der mich eine lange Zeit okkupiert hat. Aber nun, liebe Twilight, bin ich ja da.«

»Das sehe ich«, sagte Twilight und zwinkerte Watson aufreizend zu.

Watson sah sich um, als würde er hoffen, in diesem Moment tatsächlich von einem Bus überfahren zu werden.

»Wer ist denn dein Freund da drüben?«, fragte er, um das Gespräch von sich wegzulenken.

»Ach, du meinst Buster?« Sie drehte sich um und brüllte: »Buster, schwing deinen Hintern hierher!«

Der Perserkater kam behäbigen Schrittes zu den beiden herübergetapst. Als er sich neben Twilight stellte, ragte aus seinem Maul noch eine halbe Krabbe, die er mit einem genüsslichen Schlürfen in seinem Maul verschwinden ließ.

»Wie unhöflich von mir! Buster, Ripper; Ripper, Buster!«, stellte Twilight die beiden einander vor. »Ihr habt euch damals knapp verpasst. Buster ist in die Kolonie gekommen, kurz nachdem du einen Abflug gemacht hattest. Hat mich getröstet, der Gute.«

»Der berühmte Ripper! Habe die Ehre«, sagte Buster und verbeugte sich so ausgiebig, dass kein Zweifel daran bestand, dass er sich über Watson lustig machte.

»Aber wer ist denn deine gestriegelte Begleitung?«, fragte Twilight und richtete ihre Aufmerksamkeit das erste Mal, seit Watson mit ihr gesprochen hatte, wieder auf die Ermittlerin.

»Das ist Miez Marple! Die berühmte Detektivin. Wir ...«

»Zieh mir am Schwanz und nenn mich Sirene! Du bringst die Polizei hierher, sag mal, spinnst du?!«

»Sie ist nicht von der Polizei! Sie arbeitet manchmal mit ihr zusammen.«

»Schlimm genug. Weißt du, wie sehr die uns hier in letzter Zeit das Leben schwer machen? Alle zwei Tage wird irgendwer ohne Grund kontrolliert, weggesperrt ohne Vorwarnung. Gerade jetzt, wo die Scratcher Wahlkampf macht, wollen sie bei den ganzen aufgeblasenen Stubentigern Eindruck schinden, indem sie hier aufräumen, wie sie es nennen.«

Miez Marple atmete kurz durch. »Wir sind hier, weil ein Kätzchen verschwunden ist, und da bei Entführungen Zeit der wichtigste Faktor ist, müssten wir mit den Katzen sprechen, die mehr über diese Vorfälle wissen.«

Twilight sah Miez Marple an und wollte schon etwas sagen, blickte dann aber doch rüber zu Buster und nickte ernst.

Watson sah Miez Marple düster an. Er nahm ihr das plötzliche Interesse an dem Fall nicht ab. »Gut, kommt mit«, sagte Twilight. »Aber bleibt dicht hinter mir.«

Miez Marple und Watson folgten Buster und Twilight. Schweigend schlugen sie sich nacheinander durch das Gebüsch. Als die anderen beiden gerade außer Hörweite schienen, flüsterte Miez Marple ihrem Freund belustigt zu: »Ripper?«

Aber Watson tat so, als hätte er sie nicht gehört. Sie folgten Buster und Twilight zu einem kleinen verwilderten Teil des

Stadtparks. Hinter einer riesigen Eibenhecke befand sich der Eingang zur Streunerkolonie. Miez Marple sah eine Gruppe Glückskatzen, die sich im hohen Gras um den Inhalt einer Konservendose stritten. Auf einem Baumstumpf schlief eine schwarze Katzenmutter, deren Kinder sich eng an sie geschmiegt hatten. Zwei junge Kater rauften sich inmitten von Farbeimern, die jemand hier entsorgt haben musste. Einige gelbe und blaue Farbsprenkel zierten bereits ihr Fell. Miez Marple sah Katzen mit nur einem Auge, abgemagerte Gestalten, die geduckt umherschlichen und sich suchend umsahen, und ein paar weitere, die ausgelassen mit dem Band eines Luftballons spielten, der sich in den Zweigen eines Baumes verfangen hatte.

Twilight und Buster grüßten im Vorbeigehen einzelne Katzen, flüsterten hier und da etwas und gingen zielstrebig auf ein Dickicht zu, das sich auf der gegenüberliegenden Seite des Areals befand. Der Detektivin entgingen die neugierigen Blicke nicht, die Watson und sie verfolgten.

Sie hatte zuvor bereits von der Kolonie gehört, war aber selbst nie hier gewesen. Die Katzen und Kater, die hier lebten, kamen aus den unterschiedlichsten Gründen hierher. Einige von ihnen waren ausgesetzt worden, andere liefen von zu Hause weg, wenn die Menschen, bei denen sie lebten, sie nicht ordentlich versorgten oder ihnen gar Leid zufügten. Andere hatten einfach festgestellt, dass das Leben unter Zweibeinern nichts für sie war. Im Stadtgeschehen waren Straßenkatzen durchaus präsent, aber in der felinen Gemeinschaft hatten in den letzten Jahren die Hauskatzen ihren Einfluss zunehmend zementiert. Ihr Vorteil gegenüber den Straßenkatzen lag in ihrer Unabhängigkeit: Durch die Menschen genossen sie einen konstanten Nachschub der wichtigsten Ressourcen – Futter und Spielzeug, das knistert. Sie waren nicht darauf angewiesen, zu jagen. Wenn sie Menschen um Essen anbettelten, dann nur um zu beweisen, dass sie die Oberpfote über die Zweibeiner hatten. Natürlich erzeugte das Neid und Missgunst. Doch gab es einmal Ärger zwischen Straßenkatzen und Hauskatzen, bestachen die wohlhabendsten Katzen die Katzenpolizei einfach mit Snacks, Zugängen zu ihren Kratzbäumen oder manchmal sogar mit hartem Zeug wie Baldrian oder Katzenminze. So wurde jeder Versuch, diese Ordnung infrage zu stellen, im Keim erstickt. Miez Marple hatte in der Vergangenheit häufig mit Kommissar Milky Way gestritten, wenn er bei seinen Ermittlungen vorschnell einfach irgendeine Straßenkatze verhaften wollte. Während sie nun so an den Katzen und Katern vorbeigingen, die sich hier friedlich umeinander kümmerten und eine eingeschworene Gemeinschaft zu bilden schienen, war sie froh, ihre Tätigkeit als Detektivin wieder aufgenommen zu haben.

»Wir sind da«, sagte Twilight und deutete mit ihrem Kopf auf einen kleinen Durchgang in einem Gebüsch. »Wartet hier. Freya wird euch weiterhelfen können.«

»Danke, Twilight«, sagte Miez Marple, doch die Katze ignorierte sie.

»Viel Erfolg, Ripper. Mir ist zwar nicht klar, warum du das alles machst, aber du hattest ja immer schon einen Vogel.«

Ein Spatz raschelte empört in den Zweigen: »Unglaublich, was man sich heutzutage anhören muss!«

»Ich hoffe, wir sehen uns bald wieder.«

Watson verabschiedete sich betont höflich und sah Buster und Twilight nach, wie sie wieder in der Streunerkolonie verschwanden.

»Interessante Katze«, sagte die Detektivin.

»Ihre Ausdrucksweise mag gewöhnungsbedürftig sein, aber sie war mir in der Zeit nach dem Tierheim eine gute Gefährtin.«

»Watson, von dieser Zeit musst du mir noch einmal ausführlich erzählen.«

Gerade wollte der Kater etwas erwidern, als ein Paar gelber Augen in dem Gebüsch vor ihnen auftauchte. Die Zweige knickten beiseite, und vor sie trat ein Wesen, das sie um zwei Köpfe überragte. Das Gesicht war umrahmt von einer mächtigen Mähne, die die ohnehin beeindruckende Gestalt noch gewaltiger erscheinen ließ. An den Ohren standen die Haare in kleinen Pinseln ab, und den Nasenrücken entlang verlief eine rosafarbene Narbe. Die Katze schnurrte so laut, dass Miez Marple ihr Bauchfell vibrieren spürte. Lange sprach sie kein Wort, sondern sah die beiden nur an. Dabei blinzelte sie kein einziges Mal. In der Katzendetektivin kämpften zwei Urinstinkte: angreifen oder fortlaufen. Doch das Ergebnis dieses Kampfes war ein klares Unentschieden, also putzte sie sich stattdessen die Pfote.

»Miez Marple. Kater Watson«, sagte die norwegische Wildkatze und blinzelte zum ersten Mal. Ihre Stimme war ruhig und durchdringend.

»Freya, nehme ich an«, sagte Miez Marple und nickte.

»Es kommen selten Hauskatzen zu uns. Doch wie ich gehört habe, warst du vor einigen Jahren hier Mitglied, kleiner Watson?«

»In der Tat. Damals bekleidete Asgard noch das Amt des Koloniesprechers.«

Die Wildkatze kam mit ihren gewaltigen Tatzen noch einen Schritt näher.

»Asgard war mein Bruder. Er ist eines Tages von seinem täglichen Streifzug über den Markt nicht zurückgekommen. Vielleicht hat ihn ein Mensch eingefangen, oder ein Auto hat ihn erwischt.«

»Ich hoffe inständig, dass es Ersteres war.«

Freya schwieg einen Moment, als wäre für sie keine der beiden Optionen wünschenswert.

»Du wohnst bei einer Menschenfrau, Miez Marple?«, fragte sie schließlich. Miez Marple nickte, und Freya blinzelte ihr zu. Unter gewöhnlichen Umständen hätte Miez Marple nachgehakt, aber sie wollte auf Samtpfoten durch diese Unterhaltung tapsen und nicht wieder irgendwo hineinplatschen.

»Also gut, was führt euch zu uns?«

»Wir untersuchen das Verschwinden des Kätzchens Brösel. Wir haben uns gedacht, wir fangen mit unserer Suche hier an.«

Freya schwieg und sah Miez Marple durchdringend an.

»Pluto hatte sich damit schon an mich gewandt. Er erzählte, dass er versucht habe, euch zu kontaktieren. Er sagte, dass ihr andere Dinge zu erledigen gehabt hättet.«

Miez Marple zog den Schwanz ein und seufzte. Sie konnte nicht einschätzen, ob Freya ihren Auftritt bei Larrys Show bereits gesehen hatte. Sie vermutete, dass es für Streunerinnen nicht immer leicht war, die Sendung gleich am Erscheinungstag zu sehen. Andererseits musste sie annehmen, dass in der Streunerkolonie bereits gewisse Meinungen zu ihr kursierten.

»Das war ein Missverständnis«, sagte Miez Marple. Freyas Augen weiteten sich und verliehen ihrem Gesicht einen verdutzten Ausdruck. »Also ... Wir hatten tatsächlich viel zu tun. Nun schaffen wir es endlich, uns um diese wichtige Angelegenheit zu kümmern.«

Freya schwieg erneut.

»Der Friedhof«, sagte sie schließlich.

»Was?«, fragte Miez Marple.

»Auf dem Friedhof des alten Klosters hat Brösel viel gespielt. Kater Pluto hat sich dort bereits umgesehen, aber vielleicht findest du etwas heraus. Du solltest Pluto und seine Gefährtin Venetia dazu befragen. Das ist schließlich deine Aufgabe, Miez Marple, oder?«

»Ja! Ja, natürlich«, erwiderte Miez Marple hastig und nahm eine aufrechte Haltung ein.

»Ihr müsst mich jetzt leider entschuldigen. Krall hält gleich seine Rede, und die will ich nicht verpassen«, sagte Freya.

»Wer ist Krall? Was für eine Rede?«

»Folgt mir, dann könnt ihr euch einen Eindruck verschaffen. Wenn ihr Plutos Familie besuchen wollt, müsst ihr ohnehin wieder den Weg zurück, den ihr gekommen seid.«

Freya sprang mit einem Satz aus dem Gebüsch, so kraftvoll, dass die Äste zitterten, und landete hinter Watson und Miez Marple. Diese bemühten sich, mit der Anführerin der Streunerkolonie Schritt zu halten. Sie folgten ihr bis zu dem Baumstumpf, auf dem eben noch die Katzenmutter geschlafen hatte. Jetzt stand darauf ein großer Kater mit langem weißem Fell und sprach zu den Katzen und Katern, die sich um ihn versammelt hatten.

»Streunerinnen und Streuner aller Stadtteile, ich sehe euch hier vereinigt an einem Ort, an dem wir träumen. Wir träumen von einer besseren Welt.«

Aus allen Ecken strömten neue flauschige Zuhörende auf den Baumstamm zu.

»Eine Welt voller Freiheit und köstlicher Snacks. Aber damit diese Welt Wirklichkeit werden kann, muss sich etwas ändern! Wir können nicht auf unseren flauschigen Hintern sitzen und warten, dass unsere Näpfe gefüllt werden. Wir haben schließlich nicht einmal welche!«

»Richtig so!«, rief ein alter Maine-Coon-Kater.

»Wir können nicht auf die Menschen vertrauen. Zu wenige sehen das Leid und die Ausbeutung, der wir Streunenden tagtäglich ins Auge blicken müssen. Wir können nicht auf Wesen vertrauen, die völlig verantwortungslos sind. Die Kartons wegwerfen, die sich perfekt zum Spielen eignen. Die über ihre eigenen nackten Füße stolpern, wenn man nur kurz durch ihre Beine huscht. Die gar nicht abschätzen können, wie viel oder wenig Futter angemessen ist. Sie probieren nicht einmal, was sie uns zu fressen geben. Nein, auf die Menschen ist kein Verlass!«

Es wurde zustimmend miaut und geschnurrt.

»Wir müssen bei den Katzen und Katern ansetzen, die bei den Menschen leben. Es kann nicht sein, dass Näpfe überquellen mit eingetrocknetem Nassfutter, während andernorts Kätzchen auf der Straße verhungern! Wir brauchen eine Gemeinschaft, in der die willkürliche Ungleichverteilung der

Futtermittel aufgehoben wird. Wir brauchen eine solidarische Umverteilung! Die herrschende Klasse der Haustiere muss ihre Klappen öffnen. Dort, wo es keine Klappe gibt, werden wir eine bauen! Denn alle Katzen und Kater sind gleich süß, gleich lieb und gleich viel wert!«

Die Menge jubelte. Eine junge Katze wurde vor Begeisterung fast ohnmächtig. Miez Marple und Watson hielten sich im Hintergrund und beobachteten die Szene aufmerksam.

»Magret Scratcher sieht das anders!«, rief der Kater. Bereits bei der Erwähnung des Namens der Katzenbürgermeisterin fauchten die Ersten im Publikum.

»Sie will dieses katzipalistische System der Unterdrückung aufrechterhalten. Sie nutzt ihre Ressourcen und die Katzenpolizei, um den Überfluss einiger weniger zu sichern. Damit ist jetzt Schluss! Sie herrscht in dieser Stadt, seit ich denken kann. Die sogenannte Wahl war nie eine Wahl – bis heute! In einer Woche könnt ihr euch entscheiden, ob ihr weiter so leben wollt wie bisher oder ob wir endlich einfordern, was uns zusteht! Mein Name ist Krall Marx, und ich werde mich zur Wahl stellen!«

In der Menge gab es kein Halten mehr. Schnurrhaare bebten vor Rührung, leidenschaftliches Maunzen und Kreischen erfüllte die Luft. Einige Menschen vom Markt schrien in ihrer Verwirrung etwas ins Gebüsch. Unterdessen erklärte Freya Miez Marple und Watson den Weg zu Plutos Unterschlupf.

»Ich hoffe, ihr findet das Kätzchen«, sagte sie zum Abschied und schritt dann auf Krall Marx zu, der sie freundschaftlich begrüßte.

Im Gehen dachte Miez Marple an das soeben Gehörte. Ihr

war klar, dass es in der Stadt nicht gerecht zuging. Sie wusste, dass viele Katzen und Kater auf den Straßen um ihr Überleben kämpften. Aber war es notwendig, dass gleich so drastische Maßnahmen gefordert wurden?

»Was glaubst du?«, fragte sie Watson. »Meinst du, Krall könnte wirklich eine Chance gegen Scratcher haben? Was hältst du von ihm?«

»Sein ideologischer Unterbau ist valide. Allerdings bezweifle ich, dass die Katzenbürgermeisterin ihren Posten kampflos räumen wird. Ich fürchte, das könnte hässlich werden.«

Miez Marple nickte. In den letzten Jahren hatten wiederholt Katzen und Kater versucht, die Herrschaft der Stadt an sich zu reißen, aber Magret Scratcher schaffte es immer wieder, die Sympathien auf ihre Seite zu ziehen. Miez Marple hielt nicht viel von großen Reden und Politik. Sie hatte sich aus diesem Grund immer als Einzelkämpferin für das Gute gesehen, die Unrecht da bekämpfte, wo es passierte. Doch die aufrichtige Begeisterung, die Krall Marx hier entgegenschlug, löste etwas in ihr aus, das sie noch nicht ganz zuordnen konnte. Wahrscheinlich musste sie einfach mal wieder gestreichelt werden.

Sie erreichten schließlich einen kleinen heruntergekommenen Spielplatz. Der Sandkasten war überwuchert von Gestrüpp und stank bestialisch, da er offenbar zum riesigen Katzenklo umfunktioniert worden war. Daneben befanden sich eine Schaukel, deren Sitzfläche nur noch an einer Kette hing, und ein Spielhaus, das die Menschen hier für ihre Kinder errichtet hatten. Doch seit der neue Spielplatz am anderen Ende des Parks eröffnet worden war, kamen die Zweibeinigen nicht mehr hierher. In dem hölzernem Spielhaus lag Pluto. Er hatte den Kopf auf die Pfoten gebettet und sah mit leeren Augen auf den Rand des Sandkastens. Eine Maus huschte hervor, sah den Kater und erschrak sich kurz. Dann aber realisierte sie, dass von diesem traurigen Fellträger keine Gefahr ausging, und trippelte leichtfüßig davon. Neben Pluto lag eine braun-schwarz getigerte Katze, der ebenfalls die Resignation ins Fell geschrieben stand. Ihre Schnurrhaare hingen traurig hinab, und ihre Augenlider waren geschwollen. Sie leckte Plutos Stirn, hielt jedoch inne, als sie Miez Marple und Watson erblickte.

»Was willst du hier?!«, fauchte sie. »Verzieh dich zurück in den Tümpel, aus dem du gekrochen bist!«

Miez Marple atmete einmal durch, dann sagte sie: »Ich bin gekommen, um mich zu entschuldigen.«

»Entschuldigen?! Du heuchlerische Ofenkuschlerin, ich werde …«

»Venetia, lass sie«, unterbrach Pluto seine Gefährtin. Seine Stimme war leise und müde, aber klar.

»Pluto, ich möchte mich aufrichtig für mein Verhalten entschuldigen. Ich hätte deinen Fall gleich annehmen sollen. Ich möchte Brösel finden und bin hier, um zu fragen, ob ihr uns mehr erzählen könnt. Freya meinte, Brösel sei zuletzt auf dem Friedhof gewesen?«

Der Kater richtete sich schwerfällig auf und streckte seine Gliedmaßen.

»Mir ist zu diesem Zeitpunkt wirklich egal, warum du hier bist. Ich will nur mein Kätzchen wiederhaben. Ja, Brösel hat die Gegend um das alte Kloster geliebt. Venetia und ich waren schon dort und haben die Gegend abgesucht, aber bisher haben wir nichts gefunden.«

»Seit wann ist Brösel denn verschwunden?«, fragte Miez Marple.

»Seit drei Tagen. Brösel ist ein ängstliches Kätzchen und war noch nie länger als ein paar Stunden ohne uns unterwegs.«

Venetia putzte Pluto weiter und sah Miez Marple und Watson feindselig an.

»Worauf wartet ihr noch?«, sagte sie und schleckte über Plutos pelziges Ohr, ohne den Blickkontakt abzubrechen.

VIER

Im roten Schein der Grabkerzen schlichen Miez Marple und Kater Watson durch das feuchte Laub des Friedhofs. Die Luft roch nach frisch umgegrabener Erde, nach Moos und nach vor sich hinwelkenden Chrysanthemenkränzen. Hier begruben die Menschen bei Tag ihre Toten, und bei Nacht streiften hier zwielichtige Gestalten zwischen den Gräbern umher. Hin und wieder blitzten in der Dunkelheit Augenpaare hervor. Es raschelte, und Miez Marple stellte voller Alarmbereitschaft die Ohren auf.

»Also, ich weiß ja nicht, Watson. Ich würde mein Kätzchen nicht hier spielen lassen«, sagte Miez Marple.

»Miez, mit Verlaub: Du hast kein Kätzchen.«

»Aber ich könnte eins haben!«, sagte Miez Marple.

»Hat Agathe Christiansen dich nicht zur Tierärztin gebracht?«

»Nein, aber selbst wenn: Ich könnte doch eines adoptieren!«

»Und dann?«

»Dann würde ich mich darum kümmern, ihm Gedichte vorlesen und es im Nahkampf ausbilden, damit es dir bei unseren Fällen helfen kann und ich genug Zeit zum Schreiben habe.«

»Du veralberst mich.«

»Ich veralbere dich«, bestätigte Miez Marple und kicherte.

Das Klostergebäude ragte in den nächtlichen Himmel empor, und hinter einigen Fenstern konnte man Gesang hören. Das mussten die Zweibeinigen sein, dachte Miez Marple. Eine besonders kuriose Eigenschaft, wie sie fand. Katzen schnurrten, Hunde bellten, und Menschen sangen vor sich hin und hofften auf ein höheres Wesen, das ihnen den Gedanken abnahm, dass nach dem Tod nichts als ewige Leere auf sie wartete. So waren die Menschen halt.

Watson und Miez Marple beschlossen, sich aufzuteilen, um schneller einen Überblick über das Areal zu gewinnen. Die Katzendetektivin nahm sich den nördlichen Teil der Friedhofsmauer vor, Watson übernahm den Bereich im Süden, in dem auch das Tor lag. Der Plan war, dass sie sich in der Mitte wieder trafen, um ihre Ergebnisse zu vergleichen. Miez Marple schnupperte und schaute, sah hinter Grabsteine und wühlte hier und da etwas Laub auf, wenn sie glaubte, etwas entdeckt zu haben. Doch außer Überresten von Blumengedecken und aufgeweichten Kuscheltieren fand sie nichts. Gelegentlich waren um ein Grab diese grässlichen Duftgeranien oder Zitronenmelisse gepflanzt, die unangenehm rochen. Warum Menschen ihren Toten zumuteten, neben einer derartigen Pestilenz zu ruhen, war Miez Marple ein Rätsel. Der Gesang der todesfürchtigen Zweibeiner verstummte, und das Licht im Kloster erlosch. Es folgten zwölf Glockenschläge und darauf eine Stille, in der jeder Schritt von Miez Marples Pfoten zu vernehmen war. Während sie die Umgebung absuchte, dachte sie an Freyas Frage. *Du wohnst bei einer Menschenfrau?* Was sollte das heißen? Natürlich wohnte sie dort, das war doch bekannt. Schließlich war sie berühmt! Oder sah man ihr das so sehr an? Wieso hatte Freya gerade das wissen wollen? Normalerweise stellte man ihr Fragen zu ihren Fällen, zu ihren Ermittlungsmethoden, zu ihrer makellosen Fellpflege und manchmal sogar zu ihren Gedichten. Nach Agathe fragte nie jemand. Sie dachte an das gehässige Publikum und an Larry, der verschlagen züngelnd seine Bemerkungen machte. Das hinterlistige Reptil verfluchend bog sie um einen Grabstein, als sie mit einem Mal überrascht aufmiaute. Die Erde war hier über und über mit Spuren bedeckt. Pfotenabdrücke, die von mindestens einem Dutzend Katzen stammen mussten. Doch was Miez Marples Puls in die Höhe schnellen ließ, waren die langen Klauenspuren, die wie tiefe Wunden im Friedhofsboden klafften. Die Katzendetektivin umkreiste die Stelle und sog in schnellen Atemzügen die Luft ringsherum ein. Und tatsächlich – in Fäulnisgase und Pilzdüfte mischte sich eine Note von Eisen, die sie überall wiedererkannt hätte: Blut. Hier hatte eindeutig ein Kampf stattgefunden. Sie konnte nicht alle Abdrücke einwandfrei identifizieren, dafür waren es zu viele. Eine Gruppe Katzen oder Kater hatte hier in einer Art Kreis gestanden. In ihrer Mitte, so schloss Miez Marple aus dem Blutgeruch, musste ein Kampf getobt haben. Sie sah sich im Gebüsch hinter dem Grab um in der Hoffnung, Fell oder andere Hinterlassenschaften zu finden. Doch wenn es hier etwas Aufschlussreiches gegeben hatte, schloss sie nach einer Weile, so hatte der feuchte Boden inzwischen alles verschluckt. Gerade wollte sie zur Vorderseite der Ruhestätte einer gewissen Eleonore Schwarzenberg schleichen, als sie ein Knacken vernahm.

»Watson, bist du das? Schwing deinen pelzigen Hintern hierher, ich habe etwas entdeckt!«

Mit einem Mal brach etwas aus dem Gebüsch. Ein Schatten raste auf die flauschige Ermittlerin zu. Sie konnte sich gerade noch bäuchlings in den Schlamm werfen, um der Monstrosität auszuweichen, die über ihren Kopf hinwegrauschte. Es folgte das Schlagen kräftiger Schwingen, und als sie ihren Kopf aus dem Matsch reckte, erblickte sie einen gewaltigen Raben. Seine martialischen Krallen ruhten auf dem Marmor des Grabsteins. Langsam drehte er den Kopf herum, bis ein pechschwarzes Auge Miez Marple fixierte. Diese spannte ihre Muskeln an und sah sich nach einer geeigneten Fluchtmöglichkeit um.

»Mord!«, krächzte der Vogel und wartete.

»Mord! Mord!«, kam es jetzt aus allen Richtungen: Flügelschläge, Rascheln und Knistern.

»Kri-Kra-Kriminell!«, sagte der Rabe und war mit einem Mal umringt von Vögeln, Katzen, Mardern und einigen Straßenhunden.

»Kri-Kra-Kriminell«, schrien die Tiere um Miez Marple herum.

»Willkommen zu einer neuen Ausgabe von *Schwingen des Todes* – dem True-Kräh-Podcast, der euch das Gefieder zerzaust. Mein Name ist Nimmermehr, und ich wünsche euch schaurig gute Unterhaltung.«

Dröhnender Beifall.

»Miez? Welch angenehme Überraschung! Ich wusste gar nicht, dass du auch Fan bist!«

Vergnügt nahm Betti neben Miez Marple Platz. Aufgrund ihres schiefen Beins lehnte sie sich gegen die Flanke der Katzendetektivin.

»Betti! Was ist …«

»Psssst, es geht los!«, flüsterte Betti. Ein Terrier knurrte Miez Marple an und bedeutete ihr, endlich ruhig zu sein. Nimmermehr sah prüfend in die Runde, um sicherzugehen, dass er auch die volle Aufmerksamkeit hatte. Dann begann er: »Unsere heutige Geschichte ist eine besondere. Sie führt uns zehn Jahre zurück in eine Zeit, die so finster war wie mein Gefieder. Ich warne euch vor: Diese düstere Episode ist nichts für schwache Herzen.«

Eine Spitzmaus sah traurig zu Boden und huschte davon.

»Diese Zeit war geprägt von Grausamkeiten, wie wir sie uns heute nicht mehr vorstellen können. Zwar gab es damals schon erste Gesetze, die das Tagesgeschehen regelten, aber spätestens um die Mittagszeit waren alle mindestens einmal gebrochen. Eine Gruppe Katzen sah ein, dass es so nicht weitergehen konnte. Sie schlossen sich zusammen und machten es sich zur Aufgabe, die besonders schweren Vergehen zu ahnden. Eine Weile zeigte diese Maßnahme auch Erfolg. Die Entführungen durch Hundebanden, die Morde aus Futtergier und die Überfälle am Napf nahmen ab. Die Tiere der Stadt atmeten auf. Eines Tages fanden zwei Straßenkatzen den zerfetzten Leib einer jungen Katze. Aufzeichnungen gibt es aus dieser Zeit natürlich keine, aber wenn man den Gerüchten glauben darf, fand man Spuren am Tatort. Spuren von Klauen, wie sie noch kein Wesen in der Stadt je gesehen hatte. Zu lang für eine Katze, zu tief für einen Vogel.«

Bei diesen Worten blickte sich Miez Marple nach den Spuren um, die sie eben noch hier gesehen hatte. Leider hatte sie durch ihr Schlammbad einen großen Teil der Fährten zunichtegemacht. Außerdem standen neben ihr jetzt so viele Tiere, dass es unmöglich gewesen wäre, die neuen von den alten Abdrücken zu unterscheiden. Betti pickte ihr zärtlich in die Seite zum Zeichen, dass sie sich auf die Geschichte konzentrieren sollte.

»Die Katzen und Kater, die sich der Ordnung verschworen hatten, suchten tagelang nach Hinweisen, doch sie fanden nichts. Immer wenn sie glaubten, dem Mörder auf der Spur zu sein, liefen die Indizien ins Leere. Zeitweise verdächtigte man eine Gruppe Katzen, die regelmäßig in der Nähe des Tatorts gesichtet wurden und zu denen niemand anders in der Stadt Kontakt hatte. Schaurige Gestalten, die selbst uns Krähen und Eulen das Weite suchen ließen. Jedoch verschwanden sie eines Tages ganz plötzlich von der Bildfläche. Dafür tauchte eine weitere Leiche auf. Als die selbst ernannten Ordnungshüter den Tatort besichtigten, stellten sie fest, dass es sich bei dem neuen Opfer um das Kätzchen einer Katze handelte, die an der Suche nach dem Mörder beteiligt war.«

Miez Marple lauschte den Erzählungen des Raben. Sie hatte diese Geschichte schon einmal gehört.

»Angst breitete sich aus wie eine ansteckende Krankheit. Hauskatzen weigerten sich, das Haus zu verlassen, Streunerkolonien, von denen es damals noch viele gab, lösten sich auf. Auch einige Vogelschwärme zogen in andere Städte. Immer wieder wurden tote Katzen gefunden. Doch dabei blieb es nicht: Vögel und kleinere Hunde fielen dem klauenbewehrten

Schrecken ebenfalls zum Opfer. Einmal fand man in einem Park einen ausgewachsenen Schäferhund mit aufgeschlitztem Leib.«

Der Terrier neben Miez Marple schluckte.

»Die Krise schweißte einen großen Teil der Stadt zusammen. In langen Sitzungen im Stadtpark beschlossen die Tiere, weitere Regeln für das Zusammenleben in der Stadt zu formulieren, und so wurde aus der Gruppe Katzen die Katzenpolizei. Und von einem Tag auf den anderen endete die grausame Mordserie.«

Da fiel es Miez Marple ein: Kommissar Milky Way hatte ihr diese Geschichte erzählt, als sie sich kennenlernten. Die Katzendetektivin nahm sich vor, ihren alten Bekannten dazu auszufragen.

»Aber wer war's?! Wie hat man den Fall gelöst?«, fragte eine zierliche Siamkatze atemlos. Nimmermehr drehte den Kopf.

»Gar nicht«, krächzte er. »Dieser Fall ist bis heute ungelöst.«

Die Tiere ringsherum sahen sich mit großen Augen an und flüsterten aufgeregt miteinander.

»Ich weiß, normalerweise präsentiere ich nach jeder Folge eine Auflösung, aber ich habe mir gedacht, dass auch dieser Fall es wert ist, erzählt zu werden. Nächste Woche bin ich wieder für euch da, mit einer neuen Geschichte. Dann erfahrt ihr, wer den Hoppe-Hoppe-Reiter wirklich gefressen hat«, sagte der Rabe und setzte noch ein letztes Mal an: »Kri-Kra-Kriminell!«

»Kri-Kra-Kriminell«, schallte es zurück, und so schnell, wie sich die Versammlung gebildet hatte, zerstreute sie sich auch wieder. Als das letzte Tuscheln hinter den Friedhofsmauern verstummte, waren nur Betti und die verdreckte Katzendetektivin noch da.

»Das war aber eine besonders ausgefallene Erzählung. Da muss ich erst einmal wieder mein Magnetfeld neu ausrichten und meine Energien sammeln«, sagte die Taube und trippelte unruhig von einem Bein auf das andere.

»Du kommst oft hierher?«, fragte Miez Marple.

»Aber natürlich! Ich bin Fan der ersten Stunde. Berti und ich haben keine Folge verpasst, bis …«, Betti schluckte und wechselte schnell das Thema. »Jedenfalls erzählt Nimmermehr auch wirklich toll, findest du nicht?«

Miez Marple schnaubte. Krimis, Krimis, immer waren es Krimis, die das Publikum hören wollte. Auch wenn Miez Marple nichts gegen Geschichten über Gewaltverbrechen hatte, so war sie doch enttäuscht. Sie wünschte sich, dass auch ein Lyrik-Star wie Vogel von der Waltherweide eine ähnliche Beliebtheit genoss wie Nimmermehr mit seinen Gruselvorträgen. Gerade wollte sie Betti von ihrem Konflikt erzählen, da erblickte sie Watson, der eilig auf sie zulief. Er hielt etwas im Maul, von dem Miez nicht sofort erkennen konnte, was es war. Vorsichtig legte er den Gegenstand auf einer Grabplatte ab, damit er nicht in den Dreck fiel. Dann wandte er sich der flauschigen Ermittlerin und der Taube zu.

»Ich grüße dich, Betti! Miez, was hat sich hier zugetragen? Was war das für ein Lärm?«

»Das erzähle ich dir auf dem Rückweg«, sagte Miez Marple.

»Aber was hast du da angeschleppt?«

»Ich konnte es aus einem der Kompostbehälter bergen.«

»Eine wundervolle Arbeit, wenn ich das bemerken darf!«,

sagte Betti und beugte sich über den Gegenstand. Es handelte sich um ein Lederhalsband mit einem weichen cremefarbigen Textilinlay. Die Außenseite war rot mit einer goldenen Plakette, die mit zwei edelsteinbesetzten Nieten befestigt war. Auf ihr standen nur drei Buchstaben: EvM.

»Hast du eine Ahnung, für was das steht?«, fragte Miez Marple. Sie überlegte. »EvM. Esse viele Mäuse? Ein volles Maul? Vielleicht ist es auch ein Name.«

»Dazu müsste ich recherchieren, aber der Größe nach zu urteilen, muss es sich bei dem Besitzer um eine Katze oder einen kleineren Hund handeln«, sagte Watson und schlich um den Gegenstand herum.

»Auf jeden Fall muss es ein reiches Tier gewesen sein! Agathe wollte mir mal so ein Band kaufen, aber die richtig schönen kosten mehr als eine Jahresration Futter.«

Watson setzte sich auf den Grabstein und sah nachdenklich in Richtung des düsteren Klosters.

»Das schränkt unsere Suche weiter ein. Wir sollten nach einer Hauskatze oder einem Hund suchen, der bei Menschen wohnt.«

»Könnte es sich eventuell um ein Mitglied des Chihuahua-Syndikats handeln?«, fragte Miez Marple.

»Das halte ich für wenig plausibel. In den letzten Jahren beschränkten sich ihre Geschäfte auf den Norden der Stadt«, sagte Watson. »Außerdem liegt ihr Interessensfokus auf Fleischereien mit feiner Wurst und weniger auf den Friedhöfen ihrer verwesenden Herrchen und Frauchen.«

Eine Weile umkreisten sie das Halsband, bis Miez Marple und Watson sich schließlich dazu entschieden, den Heimweg anzutreten. Betti begleitete sie noch ein Stück des Weges und trug das Halsband, damit sich Miez Marple und Watson unterhalten konnten. Während sie durch die nächtlichen Viertel streiften, berichtete Miez Marple von Nimmermehrs Schauergeschichte und den Spuren, die sie entdeckt hatte. Watson schwieg eine Weile, dann sagte er: »Die Wahrscheinlichkeit ist hoch, dass es sich bei den Abdrücken um die Publikumsspuren der letzten Ausgabe von *Schwingen des Todes* handelt. Nimmermehr scheint große Popularität zu genießen.«

Miez Marple wandte sich an die Taube über ihr: »Betti, unser schwarz gefiederter Märchenonkel meinte doch, dass er nächste Woche wieder da ist, oder?«, fragte Miez Marple.

»Genau! Jede Woche am Sonntag gibt es eine neue Folge. Ich bin immer wieder überrascht, wie viel Schreckliches in dieser Stadt passiert.«

»Ich ehrlich gesagt nicht«, sagte Miez Marple. »Also erscheinen die Folgen von Nimmermehr wöchentlich. Letzten Dienstag hat es jedoch geregnet. Also können es nicht die Spuren vom letzten Podcast gewesen sein. Die hätte der Regen längst weggewaschen. Außerdem erklärt deine Theorie nicht, warum ich dort Blut gerochen habe.«

Die Katzendetektivin war am Ende ihrer Kräfte. Sie sehnte sich nach ihrem Korb, und ihr war schon wieder nach Jammern zumute. Nach einer Weile verabschiedete sich Betti. Sie gab Watson das Halsband ins Maul, und so verlief der restliche Heimweg schweigend.

Vor ihrer Haustür traf Miez Marple auf eine leicht schwankende Agathe Christiansen. Diese freute sich, als sie die Katzendetektivin erblickte, schnalzte mit der Zunge und gab Laute in der Tonhöhe von sich, in der Menschen auch mit ihrem Nachwuchs redeten. Als sich die Schriftstellerin herunterbeugte, um Miez Marple zu streicheln, ließ sie ihren Schlüssel fallen. Er ging direkt neben dem Ohr der Ermittlerin klirrend zu Boden. Das war Miez Marple zu viel. Sie huschte durch die Katzenklappe und wartete nicht, bis Agathe die Haustür aufgesperrt hatte. Sie schlang die Futterportion herunter, die heute außergewöhnlich großzügig ausfiel. Später, als sie sich ausgiebig geputzt und in ihrem Korb eingerollt hatte, kam Agathe zu ihr und kraulte sie. Dann griff sie mit ihren fellosen Händen nach der Katzendetektivin und hob sie hoch. Miez Marple war zu müde, um zu protestieren, und so ließ sie sich von der Menschenfrau ins Schlafzimmer tragen. Unter dem leisen Schnarchen und dem regelmäßigen Auf und Ab von Agathes Brustkorb schlief Miez Marple schließlich ein. Ihre Träume waren wild. Sie sah Watson, wie er versuchte, ihr etwas zu sagen, doch mit einem Mal zog ihn etwas ruckartig in die Dunkelheit. Kurz darauf schlich die Katzendetektivin über einen Friedhof, der bis an den Horizont reichte. Auf den Grabsteinen saßen Vögel und lachten über sie. Sie fiel auf die Erde, die übersät war von Krallenspuren und Blut. Einige Meter von ihr entfernt hockte ein winziges Kätzchen auf einem Grabstein und schrie nach seiner Mutter. Miez Marple rannte darauf zu, wollte die kleine Gestalt beschützen, doch kurz bevor sie das Kätzchen erreicht hatte, wurde sie von hinten gepackt. Sie hörte ein Zischeln, ein Grollen und Fauchen. Schuppen. Überall waren lange Klauen, die sie zurückzogen. Das Gesicht von Larry dem Leguan erschien vor ihr. Der dämonische Moderator öffnete seinen gewaltigen Schlund. Im Hintergrund lachte jemand. Und dann fiel sie. Sie fiel, bis sie und die Welt in der Finsternis verschwanden.

FÜNF

Seit das Hauptquartier der Katzenpolizei von den Menschen in einen Bubble-Tea-Laden verwandelt worden war, befand sich die Exekutive in einer Phase der Neuausrichtung. Die Suche nach einer neuen Zentrale war kein leichtes Unterfangen gewesen. Ein Polizeihauptquartier musste mehrere Bedingungen erfüllen: Es musste zentral gelegen sein und von den Menschen gemieden werden. Außerdem sollte es die Möglichkeit bieten, Tiere aller Art gefangen zu halten. Die Filiale einer in Konkurs gegangenen Gourmet-Supermarktkette erwies sich als akzeptable Lösung. Die Kühltruhen dienten als Gemeinschaftszellen, die sich bei Bedarf sogar einschalten ließen, um Gefangene in Winterruhe zu versetzen. Aus juristischen und steuerlichen Gründen, die sich kein Tier so richtig erklären konnte, mieden die Zweibeinigen die Filiale. Miez Marple betrat das Gebäude durch ein Loch im Lager auf der Rückseite. Sie durchschritt die Regalreihen, in denen staubige Boxen und abgelaufene Lebensmittel standen, die vermutlich als Nahrung für die Insassen dienten. Von der ehemaligen Verkaufsfläche aus gelangte sie schließlich in die Kühlabteilung mit ihren deckenhohen Glaskühlschränken, in denen sich früher Wurst, Käse und köstliche Milch befunden hatten. Jetzt hockten hier Katzen, Hunde und Kleintiere, die ihrerseits andere Tiere zu Hackfleisch verarbeitet hatten. In den Gängen patrouillierten Katzen und Kater, die kleine Polizeimützen trugen und darauf achteten, dass die schweren Türen der Zellen geschlossen blieben. Das Licht aus den Leuchtstoffröhren flackerte in unregelmäßigen Abständen, und die Luft roch nach Kühlflüssigkeit und Raumerfrischer. Im Aquarium der Fischtheke zogen straffällig gewordene Meeresbewohner ihre Kreise. Miez Marple konnte mehrere rote Heringe erkennen. In der Mitte des Gangs befand sich ein Pappstand, der einst für Gratis-Käsehäppchen gedacht gewesen war und jetzt als Rezeption diente. Dort wurde Miez Marple von einer missmutig dreinblickenden Burmakatze begrüßt, die gelangweilt einen Zahnstocher hin und her rollte.

»Was wollen Sie hier?«, fragte sie, ohne aufzusehen.

»Ich muss Kommissar Milky Way sprechen, es geht um einen Fall!«

Die Beamtin musterte Miez Marple von oben bis unten, als hätte die Katzendetektivin gerade gebellt. Genervt putzte sie sich die Pfote und rollte mit den Augen. Dann leckte sie sich die andere Pfote. Als sie auch damit fertig war, verschwand sie in Richtung Gemüseabteilung. Während die Katzendetektivin wartete, wurde sie aus den Kühlschränken heraus argwöhnisch beäugt. Miez Marple erkannte einen Pudel, einen Papagei und drei Nacktkater, die sie alle überführt hatte. Der Pudel knurrte, als er sie erkannte, wurde aber sogleich von einem Polizeikater angefaucht, er solle die Schnauze halten. Als die Burmakatze nach einer gefühlten Ewigkeit wieder zurückkam, hatte sie einen rötlichen Kater mit buschigem Fell im Schlepptau. Kommissar Milky Way sah noch mürrischer aus als sonst und streckte sich erst einmal ausgiebig vor Miez Marple. Ihm war anzusehen, dass er lange nicht mehr geschlafen hatte. Die Einrichtung des neuen Hauptquartiers gepaart mit den stetigen Bemühungen, die Korruption in der Katzenpolizei zu minimieren, hatte ihm sichtlich zugesetzt.

»Miez Marple«, sagte er. »Ich dachte, Sie sind zu sehr damit beschäftigt, Interviews zu geben und sich das Fell glatt lecken zu lassen.«

»Milky Way, mein Lieber! Sie haben mich also vermisst.«

»Ehrlich gesagt, ja. Ich komme seit Tagen nicht mehr hinterher mit den ganzen Anzeigen und Beschwerden. Die Stadt geht wie immer vor die Hunde. Überall verschwinden Sachen, und kaum geht man einem Hinweis nach, kriegt man auch schon den nächsten. Wenn das so weitergeht, beiße ich mir noch selbst in den Schwanz.«

Er schnaubte, dass seine Schnurrhaare bebten.

»Aber dabei haben Sie doch bereits eine ganze Menge In-Haft-Tiere!«, sagte Miez Marple.

»Und trotzdem sind viele so wild darauf, verhaftet zu werden, als würden wir hier gratis Katzenminze anbieten!«

»Sie haben von Diebstahl gesprochen. Was ist denn gestohlen worden?«, fragte Miez Marple.

»Größtenteils Dinge wie Wollknäuel, Stoffmäuse und Knisterbällchen. Aber ich habe schon von Fällen gehört, in denen jemandem das Kissen aus dem Korb gestohlen wurde – obszön, wenn Sie mich fragen!«

Miez Marple sah den Kommissar mitleidig an.

»Sie sind der ärmste Kommissar, den ich kenne. Und jetzt komme ausgerechnet ich auch noch mit einem völlig anderen Fall zu Ihnen, in dem es nicht um Materielles, sondern um Leben und Tod geht: Haben Sie von dem verschwundenen Kätzchen aus der Streunerkolonie gehört? Ich hätte dazu ein paar Fragen.«

»Haben Sie mir überhaupt zugehört, Marple?! Ich habe alle Pfoten voll zu tun. Ich weiß beim besten Willen nicht, wie ich noch irgendetwas anderes untersuchen soll.«

Miez Marple wusste, dass die Polizei durch die zuletzt durchgeführte Anti-Korruptionskampagne mehr als zwei Drittel der Belegschaft verloren hatte. Sie musste sich vor Milky Way kompromissbereit zeigen.

»Dann lassen Sie mich einen Vorschlag machen: Ich höre mich um, vielleicht kann ich ja etwas über diese Diebstahlserie herausfinden. Im Gegenzug erzählen Sie mir, was ich wissen will!«

Der Kommissar würgte einen Fellball hervor und kickte ihn mit der Pfote unter ein Regal, in dem eine einzelne Packung Spaghetti lag. Dann nickte er. Ihm blieb schließlich keine Wahl.

»In Ordnung, Marple. Schießen Sie los!«

Die Katzendetektivin berichtete dem Kommissar von dem Kätzchen Brösel und der Geschichte, die Nimmermehr erzählt hatte. Die Details mit der Talkshow sparte sie aus.

»Sie wissen schon, dass dieser Podcast immer noch genau das ist? Ein Podcast?«, fragte der Kommissar, als die flauschige Ermittlerin ihren Bericht abgeschlossen hatte. »Wie kommen Sie darauf, dass da ein Zusammenhang besteht, Marple?«

»Ich habe es in meinen Schnurrhaaren, Kommissar!«

Doch der rote Kater wirkte nicht überzeugt. »Wenn ich Sie richtig verstanden habe, ist nur ein einziges Kätzchen verschwunden. Und selbst da wissen Sie nicht, ob es noch lebt. Ich dachte, diese Taube ist die Abergläubische von Ihrer Gruppe.«

Miez Marple musste einsehen, dass der Kommissar in diesem Punkt wohl recht hatte. Vielleicht hatte sie sich von Nimmermehrs spannender Erzählung zu sehr mitreißen lassen. Vermutlich war es wirklich nur eine Korrelation.

»Nur für den Fall: Wen könnte ich fragen, wenn ich mehr zu dieser Geschichte wissen möchte?«

»Miez Marple, das ist so lang her, da war ich selbst noch gar nicht geboren. Die meisten, die an dem Fall beteiligt waren, sind längst unter der Erde. Ich müsste dazu in unsere Archive, aber die sind durch unseren Umzug in einem katastrophalen Zustand. Geben Sie mir ein paar Tage Zeit.«

»In Ordnung. Vielen Dank, Kommissar. Eine letzte Sache noch: Sagt Ihnen die Abkürzung EvM etwas? Watson und ich haben ein Halsband gefunden, das wahrscheinlich etwas mit dem Fall zu tun hat, und diese drei Buchstaben waren dort eingraviert.«

»EvM? Woher soll ich das wissen?«

»Sie sind doch Kommissar! Überlegen Sie doch!«

»Und Sie sind doch die Wortgewandte von uns beiden! Vielleich Energie von Mäusen? Oder, noch besser: Eigentum von Miez?«

Die Katzendetektivin klappte genervt ihre Ohren nach hinten. Der Kommissar hatte sich von Miez Marple in der Vergangenheit so manchen Scherz anhören müssen und genoss diese Gelegenheit auf Revanche etwas zu sehr.

»Enten voller Maultaschen«, fuhr er fort. »Eine verfluchte Minze, Einbau von Mausefallen, Edgar verliert Mützen ...«

»Es verschlingt Milky Way ...«, fauchte die Detektivin.

»Dann müsste da noch ein W stehen, Miez Marple!« Die Laune des missmutigen Beamten hatte sich deutlich gebessert.

»Ich hab's verstanden, Milky Way. Sie wissen wie immer nichts.«

»Sie lassen aber auch niemandem seine kleine Freude. Aber jetzt zu meinem Fall: Es geht um den Einbruch bei Felicity Fellball.«

»Die hat sich bereits bei mir gemeldet, Kommissar.«

»Ja, aber Sie haben nicht auf ihre Bitte reagiert, Marple!«

»Und Sie wissen auch ganz genau, warum! Felicity Fellball ist ...«

»Genug davon! Sie haben es versprochen! Ich möchte, dass Sie sie befragen und den Tatort ein wenig genauer untersuchen. Unter den aktuellen Umständen schaffe ich das nicht auch noch.«

Miez Marple wollte gerade protestieren, da gab es zwei Regalreihen weiter einen Tumult.

»Leck mich am Katzenstreu, nicht schon wieder«, schnaufte Milky Way. Offenbar hatte sich der Pudel befreit und lief nun bellend durch die Gänge.

»Hören Sie, Miez Marple, ich muss los. Melden Sie sich, sobald Sie etwas herausgefunden haben. Viel Erfolg auch bei der Geschichte mit dem Kätzchen!«

Mit diesen Worten preschte er vor zu einem Regal mit Konserven und eingelegtem Gemüse. Als er mit seinem buschigen Schwanz um die Ecke bog, fiel ein Glas mit eingelegten Paprikas heraus, die zwischen den Scherben wie ein Haufen Gedärm liegen blieben.

Als Miez Marple das Polizeihauptquartier verließ, hatte die Sonne beinahe ihren Zenit erreicht, und der Verkehr donnerte über die Straßen. Die flauschige Ermittlerin huschte zwischen Menschenbeinen hindurch, kroch hinter Müllcontainer und bahnte sich ihren Weg durch die Innenstadt. Sie passierte einen Elektronikfachhandel, vor dem ein Dalmatiner und zwei ältere Labradoodle saßen. Der Dalmatiner war offensichtlich Redaktionsmitglied der *Bellt-Zeitung* und rief:

Streunerkriminalität:
So brutal ist die Straße geworden!
Katzenbürgermeisterin Magret Scratcher zeigte sich im Interview äußerst besorgt über die ansteigenden Straftaten von Straßenhunden. Die überaus kompetente Bürgermeisterin betonte jedoch auch, dass Straßenkatzen ebenfalls eine große Gefahr darstellten. Sie wolle in den kommenden Wochen ein Sicherheitskonzept vorstellen, damit sich »die normalen, artigen, anständigen Haustiere nicht mehr fürchten müssen, wenn sie einen Streifzug durch ihre geliebte Stadt unternehmen«.

Miez Marple zog den Schwanz ein und duckte sich unter ein geparktes Taxi. Die beiden Labradoodle nickten dem Dalmatiner eifrig zu. Beide hatten eingefallene, traurige Augen und kläfften sich ihre halb garen Meinungen zu:

»Ja, das wird noch schlimmer hier, da könnt ihr aber von ausgehen.«

»Ich sag ja immer: Mich juckt das nicht, wenn du kein Zuhause hast, aber such dir deine eigenen Laternen zum Markieren!«

»Meine Rede! Sollen die doch aufs Land ziehen!«

»Ich muss sagen, auch wenn die Scratcher eine Mieze ist – die sorgt immerhin für Ordnung!«

»Richtig ist das. Jungs, es geht los!«

In dem Moment wechselte das Bild auf den ausgestellten Fernsehern im Schaufenster. Ein YouTube-Video wurde abgespielt, und Miez Marple konnte zuschauen, wie sie selbst in zehnfacher Ausführung und unterschiedlich hoch aufgelöst in den Teich fiel.

»Die ist so aufgeblasen, ich dachte, die schwimmt oben!«

Die drei Hunde lachten, dass ihre Ohren nur so schlackerten. Miez Marple machte sich klein, während ihre Doppelgängerinnen auf den Bildschirmen sich ans Ufer schleppten wie das armseligste Synchronschwimmteam der Welt.

SECHS

Über der Stadt auf einem Hügel im Norden ruhte das Sommerfellviertel wie ein fetter Kater auf einer Heizung. Die polierten Karosserien der Luxusautos reflektierten die Abendsonne, Efeu bedeckte die meterhohen Mauern, und Überwachungskameras lugten aus dem Blattwerk hervor. Hier hatte im letzten Jahr alles begonnen. Nur wenige Straßen weiter hatte Watson den Mord an Florian Silberschweifs Manager beobachtet. Dieser Fall war der Grund dafür gewesen, dass Miez Marple damals aus dem kuscheligen Ruhestand zurückgekehrt und wieder in den Morast der Verbrechensbekämpfung hinabgestiegen war. Und jetzt saß sie hier, auf der warmen Motorhaube eines Rolls-Royce, und blickte über eine Stadt, die sie auslachte. Fast schon ein Hundeleben.

Als sie endlich einen kleinen schwarzen Kater den Hügel hochspazieren sah, schnurrte sie erleichtert auf und ging ihm entgegen. Watson trippelte bedächtig an den Grundstücksmauern vorbei und sah wachsam in alle Richtungen. Im Maul trug er das Halsband, das er nun ablegte, um die Katzendetektivin zu begrüßen.

»Hallo, Miez, gut, dass Betti dich erreicht hat!«

»Ja, sie hat mich hierher zitiert, konnte mir aber auch nicht sagen, was du von mir willst. Jetzt bin ich sehr gespannt, mein Lieber, was du hier vorhast«, sagte die Katzendetektivin.

»Ich hoffe, eine These überprüfen zu können, die ich im Rahmen meiner Recherche aufgestellt habe.«

»Solange du dich nicht wieder verhaften lässt, lasse ich mich gerne überraschen.«

»Sei unbesorgt, das hat bereits beim letzten Mal seinen Reiz verloren.«

Watson schnappte sich das Halsband und führte die Katzendetektivin weiter über die geschleckten Gehsteige. Nach einiger Zeit erreichten sie ein Grundstück in der Goldmähnengasse, vor dem Watson stehen blieb. Sie blickten durch ein gusseisernes Tor, das mit bronzenen Löwenköpfen verziert war. Dahinter erstreckte sich ein saftig grüner Rasen, auf dem vier gewaltige Eichen standen. Die knorrigen Zweige hielten ihre verfärbten Blätter in den Sonnenuntergang, als wollten sie prüfen, ob ihr Gold echt war. Das Anwesen unterschied sich von den übrigen Villen in der Gegend. Inmitten der klinischen Flachdachbauten mit ihren Fensterfronten« stand hier ein kleiner Palast aus dem frühen 19. Jahrhundert. Neobarock. Zwei geschwungene Treppen führten zum erhöhten Eingangsbereich, dessen Vordach von vier reich verzierten Säulen getragen wurde. Aus den oberen Stockwerken ragten kleine Balkone und Erker hervor, deren Fensterstöcke von rotem Efeu umkränzt wurden. Auf der Südseite konnte Miez Marple sogar einen kleinen Turm erkennen, dessen Bleiglasfenster das Licht in Gelb und Grün zurückwarfen. Hier war altes Geld am Werk, und Miez Marple ahnte jetzt auch, wen sie hier aufsuchen würden.

»EvM. Ethan von Mausenstein?!«, flüsterte sie aufgeregt.
Watson nickte und schlüpfte durch das Gitter. Ethan von Mausenstein, das wusste Miez Marple, war einer der wohlhabendsten und einflussreichsten Kater der Stadt. Der Mann, bei dem er wohnte, war niemand Geringeres als der Tierfutterfabrikant Adalbert Sternholz. Die Familie Sternholz hatte vor Jahrzehnten die Heimtiernahrungskette *Fressschale* gegründet und versorgte seither jedes Jahr Hunderttausende Katzen, Hunde und andere Haustiere mit Nahrung, Spielzeug und Mobiliar. Auch wenn es von außen so aussah, als würde Sternholz die Geschäfte lenken, war allen Tieren in der Stadt klar, dass Mausenstein der eigentliche Magnat hinter dem Futtermittelimperium war.

»Wie konnte ich das übersehen, Watson? EvM. Natürlich!«

Watson sah sie an, konnte aber aufgrund des Halsbands, das er noch immer im Maul trug, nicht antworten. Sie nahmen die rechte der beiden Aufgangstreppen und wurden vor der Tür von einem Kartäuserkater begrüßt. Er hatte ein schlankes Gesicht mit großen orangen Augen und musterte die beiden, als hätte er sie dabei erwischt, wie sie in sein Katzenklo machten.

»Sie wünschen?«, fragte er mit erhobenem Haupt, die Schnurrhaare ordentlich zurückgekämmt.

»Mein Name ist Miez Marple, das ist Kater Watson. Wir würden gerne Ethan von Mausenstein in einer dringenden Angelegenheit sprechen. Wir haben etwas gefunden, das vermutlich ihm gehört.«

Der Kartäuser sah Watson an. Dieser streckte dem Bediensteten das Halsband so entgegen, dass die Inschrift gut zu erkennen war. Ohne eine Emotion in seiner Stimme sagte der Kater: »Ich werde Seine Obrigkeit informieren. Bleiben Sie unter allen Umständen mit Ihren Pfoten, wo Sie sind.«

Darauf wandte er sich ab und betrat das Haus durch eine kunstvoll verzierte Katzenklappe.

»Seine Obrigkeit«, schnaubte Miez Marple. »Ich wünschte, mich würde mal jemand so behandeln.«

Watson legte das Halsband ab. »Aber Miez, mit Verlaub, viele Katzen und Kater in der Stadt verehren dich für das, was du tust.«

In diesem Moment flog ein Rotkehlchen vorbei: »Tief gesunken – Was denkt die Stadt über Miez Marple und ihren Teich-Eklat? Die große Diskussion morgen Mittag mit Emil Klatschschnabel.«

Watson schwieg, und Miez Marple sprang auf eines der steinernen Geländer, wo sie kommentarlos sitzen blieb. Es vergingen mehrere Minuten, in denen sie still vor dem Portal warteten. Endlich schob sich der Kartäuser zurück durch die Klappe, setzte sich daneben und verkündete ausdruckslos:

»Ethan von Mausenstein wünscht Sie zu sprechen. Folgen Sie mir nach Möglichkeit so, dass Sie nichts verunreinigen.«

Miez Marple verdrehte die Augen, Watson schnappte sich das Halsband, und gemeinsam betraten sie das Anwesen. Die Inneneinrichtung der Villa stand ihrer Fassade in nichts nach. An den holzvertäfelten Wänden hingen Ölgemälde von bedeutenden Katzen und Katern aus den letzten Jahrhunderten, und die Kristalle an den Kronleuchtern funkelten so anziehend, dass es Miez Marple in den Pfoten juckte, damit zu spielen. Nach einiger Zeit hörten sie ein Geräusch, ein helles Reißen, das durch die Gänge hallte. Sie folgten dem Kartäuser auf dem prunkvollen Teppich und gelangten in einen Salon mit deckenhohen Fenstern, die den Blick in einen malerischen Garten gewährten. In der Mitte des Raums befand sich eine Couch mit Brokatmuster. Davor stand ein rundlicher Kater mit langem weißem Fell auf seinen Hinterpfoten. Er hatte ihnen den Rücken zugewandt und war damit beschäftigt, den wertvollen Stoff des Möbelstücks zu zerfetzen. Der Kartäuser räusperte sich.

»Eure Obrigkeit, Ihr Besuch ist da.«

Das reißende Geräusch verstummte.

»Einen Moment, ich bin gleich so weit«, sagte der Kater und hieb mit seinen Klauen so fest auf das Sitzpolster ein, dass ein Teil des Füllmaterials auf das glänzende Parkett fiel. Dann drehte er sich um, und seine eisblauen Augen wanderten erst zu Miez Marple und schließlich zu Watson.

»Was kann ich für Sie tun?«

Miez Marple hatte Mausenstein bisher nur auf Plakaten und in Fressschalen-Werbespots gesehen. Ihm jetzt leibhaftig gegenüberzustehen, machte mehr Eindruck auf sie, als sie vor Watson bereit war zuzugeben.

»Wir haben etwas gefunden und glauben, dass Sie es verloren haben.«

Watson legte das Halsband vor Mausenstein ab. Dieser beugte sich darüber und betrachtete es nachdenklich.

»EvM. Das sind doch Ihre Initialen, oder?«, fragte Miez Marple.

»Durchaus, durchaus«, murmelte der Kater. Dann lächelte

er die beiden an. »Vielen Dank, ich weiß manchmal einfach nicht, wo mir der Kopf steht. Ich habe so viele Halsbänder und kann mir einfach nicht merken, wo ich welches abgelegt habe. Tatzington, bring das Band bitte zu den anderen.«

Der Kater nahm stumm das Halsband auf und ging aus dem Raum, ohne Miez Marple und Watson noch eines weiteren Blickes zu würdigen.

»Selbstverständlich sollen Ihre Mühen nicht unbelohnt bleiben. Wie kann ich mich erkenntlich zeigen? Ich habe gerade eine neue Lieferung aus Frankreich erhalten. Feinste Pâtés und Lammfilets mit Karottenpaste – das bekommen Sie nicht einmal in der Silbernen Pfote!«

Miez Marple lief das Wasser im Maul zusammen. Sie realisierte erst jetzt, wie hungrig sie die Ermittlungen gemacht hatten. Dann aber rief sie sich den eigentlichen Grund ihres Besuchs in Erinnerung.

»Das ist sehr freundlich, werter Herr von Mausenstein, aber wir würden Ihnen gerne ein paar Fragen stellen.«

Der Kater lächelte irritiert. »Fragen? Sie sind doch nicht etwa von der Presse?«

Miez Marple schnurrte beschwichtigend. »Nein, keine Sorge. Ich bin Detektivin und untersuche zusammen mit meinem Partner das Verschwinden eines Kätzchens aus der Streunerkolonie im Park.«

»Schrecklich!«, rief Mausenstein. »Schrecklich, dass es noch immer so etwas gibt!«

»In der Tat, der Fall hat Implikationen, die …«, setzte Watson an, doch Mausenstein unterbrach ihn.

»Streunerkolonien! Ich weiß einfach nicht, warum es noch

immer Katzen gibt, die sich mit so einem unwürdigen Leben zufriedengeben!«

Mit diesen Worten stolzierte Mausenstein zum warmen Kamin, vor dem eine Kristallschale mit feinstem Hirschfleisch stand. Er nahm ein paar Bissen und spülte sie mit einigen Schlucken verdünnter Milch herunter.

»Ich glaube nicht, dass sich die Bewohnenden von Streunerkolonien aktiv für ihr Habitat entschieden haben«, sagte Watson, und Miez Marple konnte erkennen, dass ihr Freund sich große Mühe gab, einen sachlichen Tonfall zu behalten.

»Selbstverständlich nicht«, sagte Mausenstein. »Auch ich konnte als zartes Kätzchen nicht wissen, wo mich meine Vermittlungsagentur hingeben würde. Aber ich habe mich bei den Verhandlungsgesprächen angestrengt, und als ich wusste, dass Adalbert Sternholz zu Besuch kam, wusste ich: *Meow or never!* Und jetzt bin ich hier! Die Menschen lieben uns, und wer sich nicht genug anstrengt, adoptiert zu werden, will auch nicht adoptiert werden, meine Meinung.«

Aus dem Augenwinkel sah die Katzendetektivin, wie sich die Krallen ihres Freundes in den Teppich gruben. Sie entschied sich dafür, das Thema zu wechseln:

»Interessante Ansichten sind das. Allerdings müsste ich Ihnen dennoch ein paar Fragen stellen.«

»Oh, selbstverständlich!«, sagte Ethan von Mausenstein. »Gesellschaftliche Themen sind für mich einfach eine Leidenschaft. Also gut, was wollen Sie wissen?«

»Ich würde mich dafür interessieren, wie Ihr Halsband auf den Friedhof des alten Klosters gelangt sein könnte. Waren

Sie in den letzten Tagen dort? Ist Ihnen vielleicht etwas Ungewöhnliches aufgefallen?«

Für einen kurzen Moment zuckte der buschige Schwanz Mausensteins. Er überlegte einen Augenblick und sagte dann: »Das alte Kloster, sagen Sie? Lassen Sie mich überlegen. Meine Streifzüge führen mich in jeden Winkel der Stadt – Geschäfte, Sie verstehen? Also, genau kann ich mich nicht erinnern, aber möglich ist es. Bei Tag ist es dort recht malerisch. Aber als ungewöhnlich würde ich es nicht bezeichnen.«

»Sie können mir also nicht genau sagen, wann Sie dort waren?«

»Nein, es tut mir leid. Es kann Anfang der Woche gewesen sein oder letztes Wochenende. Ich kann aber Tatzington fragen, ob er sich erinnern kann, ohne seine Dienste wäre ich aufgeschmissen. Sie kennen das sicher.« Dabei sah er auf Watson und lächelte etwas spöttisch.

»Watson ist mein Freund. Nicht mein Diener«, sagte Miez Marple so scharf, dass Mausenstein verunsichert eine Pfote nach hinten setzte.

»Verzeihen Sie, ich wollte Ihnen nicht zu nahe treten. Haben Sie noch weitere Fragen? Falls dem nicht so ist, so würde ich mich zumindest mit ein paar Präsenten bei Ihnen bedanken, dass Sie mir mein Halsband zurückgebracht haben. Ich gebe morgen ein Bankett für Magret Scratcher und ihr Wahlkampfkomitee und muss noch einiges vorbereiten.«

Noch bevor Miez Marple etwas erwidern konnte, betraten Tatzington und ein weiterer Kartäuserkater den Salon. Beide trugen jeweils ein kleines Säckchen mit dem Fressschalenlogo im Maul und überreichten sie Miez Marple und Watson.

Die Katzendetektivin und Watson verstanden diese höfliche Geste und ließen sich hinausbegleiten. Im Hintergrund hörten sie, wie Mausenstein fortfuhr, das Sofa zu malträtieren. Tatzington verabschiedete Watson und die Katzendetektivin mit wortloser Verachtung.

Als sie ins Freie traten, verschwand die Sonne gerade hinter dem Horizont und verwandelte den Feinstaub über den Wolkenkratzern in rote Glut. Vor dem Tor der Villa inspizierte Miez Marple den Inhalt ihres Beutels: ein paar Leckerlis von exquisiter Qualität und eine Stoffmaus aus Damast – Werbegeschenke der Fressschale-Luxury-Kollektion. Ihr Magen knurrte wie ein tollwütiger Terrier. Doch als sie sah, dass Watson sein ungeöffnetes Säckchen hinter einen Busch spuckte, tat sie es ihm gleich.

»Was hältst du von der Geschichte?«, fragte sie den Kater.

»Es verhält sich wie damals, als du für Agathe den Frühstückslachs ins Bett gelegt hast.«

Miez Marple sah ihren Freund verwundert an. »Das war eine nette Geste!«, sagte die Katzendetektivin.

»Miez, Agathe fand ihr Geschenk erst Tage später unter dem Kissenbezug. Was ich beabsichtige zu sagen: Die Sache stinkt zum Himmel! Mausenstein hat etwas zu verbergen.«

»Als wir ihn zum Friedhof befragt haben, hatte er es auf jeden Fall sehr eilig, uns loszuwerden. Ich würde vorschlagen, wir legen uns auf die Lauer und schauen, ob unser Miaouvivant heute noch einen seiner Streifzüge unternimmt.«

Sie schlichen um das Anwesen herum zu einer Stelle, von der aus sie alles im Blick hatten. Dicht an dicht kuschelten sich Miez und Watson in das Gestrüpp und warteten ab. Die Dämmerung brach herein und mit ihr ein leichter Nieselregen. Das eben noch malerische Anwesen gewann etwas zunehmend Gespenstisches, je weiter die Dunkelheit voranschritt.

»Watson, ich möchte mich noch einmal dafür entschuldigen, dass ich …«, doch Watson legte seine schmale Pfote auf Miez Marples Maul. In diesem Moment hörte auch sie die Katzenklappe und konnte kurz darauf beobachten, wie ein weißer, flauschiger Kater über die linke Treppe in den Garten hinunterhuschte. Um ihm zu folgen, blieb ihnen keine Wahl: Sie mussten den Weg durch den Garten nehmen. Glücklicherweise boten ihnen die großen Eichen und einige Zierbüsche genug Deckung. Aus der Ferne sahen Watson und Miez Marple, wie Mausenstein durch den Zaun schlüpfte, der das Grundstück auf der Nordwestseite begrenzte. Kurz bevor sie die Rasenfläche durch die gusseisernen Zaunstreben verließen, drehte sich die Katzendetektivin instinktiv um. Im oberen Stockwerk der Villa bewegte sich einer der Vorhänge, und Miez Marple glaubte, ein oranges Augenpaar dahinter verschwinden zu sehen. Watson war bereits zwei Meter vorausgeeilt, und sie musste sich bemühen, Schritt zu halten. Der kleine schwarze Kater konnte ein beachtliches Tempo vorlegen, wenn die Situation es erforderte. Im Schutz der geparkten Luxusautos folgten sie Mausenstein durch die Gassen des Sommerfellviertels und dann die Serpentinen hinab ins Tal. Immer wieder mussten sie stehen bleiben und sich verstecken, wenn ihnen die Scheinwerfer eines Fahrzeugs entgegenkamen. Der Futtermittelbaron führte Miez Marple und Watson durch die äußeren Bezirke, die an den Fuß des Hügels grenzten, auf dem das Sommerfellviertel lag. Sie passierten heruntergekommene Wohnblöcke und leer stehende Schaufenster, die mit ausgeblichenen Zetteln um ihre Vermietung warben. Dies war jedenfalls nicht der Weg zum Friedhof, so viel konnte Miez Marple sagen. Sie erreichten eine größere Straßenkreuzung und duckten sich hinter einen Berg aus Sperrmüll, den jemand einfach neben einer kleineren Mauer aufgetürmt hatte. Vorsichtig lugte Miez Marple hinter den Überresten einer fleckigen Matratze hervor. Mausenstein überquerte die leere Straße, auf deren feuchtem Asphalt ein Wechselspiel aus roten, gelben und grünen Lichtern schimmerte. Watson hatte bereits einen Schritt aus der Deckung getan, als es hinter den beiden plötzlich laut schepperte. Miez Marple wirbelte herum. Von der Mauer neben ihnen war etwas in einen Karton mit alten Sportpokalen geplumpst. Miez Marple hatte sich also nicht getäuscht – dieser eingebildete Kartäuserkater war ihnen gefolgt. Sie duckte sich und begab sich in Angriffsstellung.

»Erster! Du hast schon wieder verloren!«

»So ein Quatsch!«, kam es hinter einer Regionalmeisterschaftstrophäe für Curling hervor.

Miez Marple erkannte das Stimmchen auf Anhieb und entspannte sich wieder.

»Was ist passiert, Miez, warum veranstaltest du so einen Lärm?«, zischte Watson, der sich ebenfalls wieder zurückgezogen hatte. Die Katzendetektivin schwieg und sah still dabei zu, wie Schnurrstus, Peter und Bobcat aus dem Karton hervorkletterten. Schuldbewusst putzten sie ihr Fell und ließen die Köpfe gesenkt.

»Es tut uns leid, Miez Marple!«, sagte Peter Paw, hob sein Köpfchen und sah die Katzendetektivin aus großen Kulleraugen an.

»Wir wollten dich bei deiner Schattung unterstützen!«

»Bist du blöd? Es heißt Berschattung!«, tadelte ihn Schnurrstus.

»Beim heiligen Fressnapf, seid still!«, fauchte Miez Marple die Kätzchen an. Dann huschte sie zurück zu der Stelle, von der aus sie die Kreuzung beobachtet hatten.

»Gottlose Hundescheiße, wir haben ihn verloren. Watson, hast du gesehen, in welche Richtung Mausenstein gegangen ist?«

Watson schüttelte den Kopf. Die drei Kätzchen sahen sich mit offen stehenden Mäulern an. Vermutlich hatten sie nicht geglaubt, dass die Katzendetektivin fluchen konnte. Miez Marple und Watson mussten einsehen, dass Mausenstein entkommen war. Selbst wenn sie sich jetzt aufteilten – der Verdächtige konnte inzwischen überall sein. Zudem konnten sie die drei Pfoten nicht unbeaufsichtigt in diesem Teil der Stadt zurücklassen. Miez Marple hatte bereits mehrfach Augenpaare in der Dunkelheit aufblitzen sehen, die nichts Gutes verhießen. Also entschlossen sich Miez Marple und Watson, die drei tapsigen Gestalten zurück in die Innenstadt zu begleiten. Sie setzten die drei vor dem Schrottplatz ab, auf dem sie wohnten.

Erschöpft verabschiedete sich Miez Marple kurz darauf von Watson. Der kündigte an, in den kommenden Tagen Mausensteins Anwesen weiter zu observieren. »Meine Intuition sagt mir, dass das nicht der letzte Streifzug war, den unser nobler Haustiger unternehmen wird.«

»In Ordnung, Watson. Aber versprich mir, dass du vorsichtig bist!«

»Keine Sorge, Miez – in persönlichen Angelegenheiten bin ich gründlich.«

SIEBEN

Lautes Geschrei weckte Miez Marple. Sie öffnete die schlafverquollenen Augen und brauchte einen Moment, um die Szene im Wohnzimmer einzuordnen. Auf dem Couchtisch stand die Menschenfrau Agathe Christiansen in ihrem Morgenmantel und schlug mit dem Kehrbesen nach etwas, das heftig flatternd um den Lampenschirm kreiste. Augenblicklich war Miez auf den Beinen.

»Betti!«, rief die Katzendetektivin.

»Miez!«, schrie die Taube und wich um Schnurrhaaresbreite einem kräftigen Schlag aus. »Du musst ...«, ein weiterer Schlag verfehlte die Taube und fegte stattdessen eine Porzellankatze aus dem Regal, die daraufhin klirrend zu Boden ging. Agathe schimpfte und holte erneut zum Schlag aus. Miez überlegte. Ein gezielter Schlag konnte ihre gefiederte Freundin schwer verletzen oder sogar in das Grab neben ihrem Gatten Berti im Garten befördern. Miez Marple musste handeln. Sie rannte auf Agathe zu, die noch immer barfuß auf dem Couchtisch stand. Das wird mir leidtun, dachte sie und biss zärtlich, aber bestimmt, in Agathes großen Zeh. Die Kriminalschriftstellerin schrie auf. Als Reaktion warf sie den Besen nach Miez Marple, der einen halben Meter hinter der Katzendetektivin landete. Betti nutzte die Gelegenheit und flatterte in Richtung Küche, in der ein Fenster offen stand. Miez Marple rannte ihr hinterher.

»Betti, du weißt doch, dass Agathe um diese Zeit immer zu Hause ist! Sie ist Künstlerin so wie ich. Wir schlafen aus!«

»Ich weiß! Aber du musst sofort in die Streunerkolonie kommen. Es ist etwas Furchtbares passiert, du musst ...« Doch Betti schaffte es nicht, ihren Satz zu beenden, da Agathe bereits wieder hinter Miez Marple aufgetaucht war und den Besen nach vorne stieß. Eilig flatterte sie davon. Einige Daunen segelten durch die Küche und landeten auf dem dreckigen Geschirr in der Spüle. Miez Marple sah zu Agathe hinauf, die erst auf ihren blutenden Zeh und dann auf Miez Marple hinunterstarrte. Ohne abzuwarten, was ihr nun blühen würde, rannte Miez Marple in Richtung Flur, schlüpfte durch die Katzenklappe in den Vorgarten und schlug den schnellsten Weg in die Streunerkolonie ein.

Bereits von Weitem konnte Miez Marple das flatternde Absperrband der Katzenpolizei sehen. Eine bunte Menge aus vierbeinigen Schaulustigen hatte sich um eine Stelle am Rand der Kolonie gebildet. Einige von ihnen schluchzten. Miez Marple bahnte sich ihren Weg durch die dicht gedrängten Leiber und duckte sich unter der Absperrung hindurch. Zwischen Grashalmen und Wildkräutern lag in einer Pfütze aus dunkelrotem Blut der zusammengekrümmte Körper von Twilight. Oder zumindest das, was davon übrig war. Die Flanke der Katze und ihr Bauch waren regelrecht zerfetzt, ihr

Brustkorb leicht eingedrückt. Zwei Polizeikatzen legten ein großes Blatt über den Kopf der Leiche, um den Schrecken zu verbergen, der von ihren weit aufgerissenen Augen ausging. Ihr Körper war steif, woraus Miez Marple folgerte, dass der Mord wahrscheinlich in der letzten Nacht passiert sein musste. Neben Twilights erstarrten Hinterbeinen entdeckte Miez Marple etwas, das ihr das Fell aufstellte. Krallenspuren. Sie erinnerte sich an die Abdrücke auf dem Friedhof. Auch hier fanden sich einige Pfotenspuren, doch so wie die Beamten und Beamtinnen hier herumwuselten, hätten sie von jeder anderen Katze stammen können.

»Was machen Sie da, Marple? Sind Sie übergeschnappt? Das hier ist eine polizeiliche Ermittlung!«

»Milky Way«, sagte Miez Marple und drehte sich zu dem grimmigen Kommissar herum. »Ich dachte, Sie sind zu sehr damit beschäftigt, knisternde Spielzeuge zu suchen.«

»Dass Sie sich nach Ihrem Auftritt im Teich überhaupt noch trauen, vor die Tür zu treten«, schnaubte der Kommissar. Miez Marple klappte beleidigt ihre Ohren nach hinten.

»Nun sind wir ja beide da«, sagte die Katzendetektivin.

»Ja, aber ich bin befugt und Sie nicht, Marple«, gab Milky Way zurück. »Außerdem hatten wir eine Abmachung. Sie sollten sich bei Felicity Fellball melden, was Sie immer noch nicht getan haben!«

»Kommissar! Falls es Ihnen nicht aufgefallen ist: Da liegt eine tote Katze. Ich habe auf dem Friedhof Spuren entdeckt, die ...«

»Genug! Marple, Sie können alle Ihre Hinweise später auf dem Hauptquartier zu Protokoll geben. Aber jetzt nehmen Sie Ihre Pfoten von meinem Tatort. Das ist ein Befehl!«

Der Kommissar fauchte, woraufhin zwei kräftige Polizeikatzen auf Miez Marple zukamen und sie zurück hinter die Absperrung drängten. Während sie sich beleidigt zurückzog, sah sie aus dem Augenwinkel, wie ein rötlicher Perserkater hinter einem Baumstamm hervorlugte – Kater Buster, Twilights Gefährte. Als sich ihre Blicke trafen, erschrak Buster und verschwand, noch bevor Miez Marple ihm etwas zurufen konnte, im Gebüsch. Miez Marple reagierte sofort und sprintete hinterher. Zweige schlugen ihr ins Gesicht. Buster war schnell, das Leben auf der Straße erforderte eine gewisse Fitness, doch Miez Marple konnte Schritt halten. Sie folgte dem Kater durch das Unterholz, hinaus aus der Streunerkolonie bis auf den Markt davor. Der plötzliche Schwall an Gerüchen und Geräuschen ließ die Katzendetektivin kurz desorientiert anhalten. Sie blickte nach links. Sie blickte nach rechts. Da! Unter einem Transporter, auf dem Kisten mit Wassermelonen standen, sah sie einen rötlichen Schimmer. Sie hastete hinterher und geriet beinahe unter die Füße von einem fluchenden alten Mann. Elegant wich Miez Marple aus und duckte sich unter dem Gehstock hindurch, mit dem der Alte nach ihr schlug. Hinter dem Transporter befanden sich mehrere Stände, von denen einer über und über mit Käse beladen war. Eine besonders penetrante Sorte überdeckte mit ihrem schmackhaften Duft alle anderen olfaktorischen Reize. Wieder brauchte Miez Marple kurz, um Buster zu orten, dann sah sie, wie der Kater die Mauer der großen Markthalle entlangrannte. Er drehte sich immer wieder zur Detektivin um. Als er gerade links um die Ecke biegen wollte, tauchte in der Luft vor ihm ein großer Schatten auf. Kräftige Flügelschläge wirbelten Staub in Busters Gesicht, und der Kater wandte sich instinktiv ab. Diese kurze Ablenkung verschaffte Miez Marple den entscheidenden Vorsprung. Aus vollem Lauf hob sie vom Boden ab, segelte auf Buster zu und stieß ihn gegen die Wand der Markthalle. Fauchend protestierte der Kater, als Miez Marple ihn gegen die Wand presste und ihn mit ihren Vorderpfoten fixierte.

»Danke, Betti«, keuchte die Katzendetektivin und lächelte ihrer Freundin zu, die mittlerweile gelandet war und sich das Gefieder putzte.

»Keine Ursache. Es war Schicksal, dass ich genau in diesem Moment vorbeigeflogen kam. Aber nun reicht es mir für heute auch mit der Aufregung!«

Unter Miez Marples Pfoten fauchte Buster wütend, doch er hatte aufgehört, sich zu winden.

»Bleibst du hier, wenn ich dich loslasse, oder veranstalten wir ein weiteres Wettrennen?«

Buster richtete sich auf und leckte sich den Staub aus dem Fell. Er hechelte leicht und musste kurz zu Kräften kommen.

»Schon gut, schon gut, was willst du, Hausmieze?«

»Zuerst würde mich interessieren, warum du überhaupt weggerannt bist!«

»Also, für eine Detektivin bist du nicht gerade die hellste Milch im Napf. Was glaubst du denn? Was wird die Polizei machen, wenn sie rausfindet, dass ich Twilight zuletzt gesehen habe?«

»Aber du hast sie doch nicht etwa …«, setzte Miez Marple an.

»Spinnst du?! Natürlich nicht! Aber ich weiß doch, wie das

läuft. Streuner tötet Streunerin. Einfache Kiste. Die können ihre Akte schließen und haben ihre Ruhe. Aber ich war's nicht! Und bevor du überhaupt fragst: Wir hatten keinen Streit oder so. Twilight hatte zwar eine große Klappe, aber mit keiner hab ich mich besser verstanden als mit ihr.«

»Hast du eine Ahnung, wer ihr das angetan haben könnte?«

Busters Atmung hatte sich etwas beruhigt, aber er sah sich immer wieder nervös um.

»Bin nicht sicher.«

»Hatte Twilight irgendwelche Feinde?«, fragte Miez Marple.

Buster lachte schallend los. »Eine ganze Menge. Die Gute hatte es tatzendick hinter den Ohren. Hat ne Menge Tiere reingelegt. Die Liste ist so lang, da würdest du Jahre für brauchen, die abzuarbeiten.«

Buster sah mit glänzenden Augen nach oben, als könnte er in den düsteren Wolkenformationen erkennen, wie seine Partnerin ihm zuzwinkerte.

»Aber hat sie in letzter Zeit irgendjemanden besonders verärgert? Es muss doch irgendeinen Anhaltspunkt geben.«

»Da war so'n komischer Feinpelz. Blau-graues Fell, und die Nase so hoch, als stünde er unterm erleuchteten Weihnachtsbaum. Hat sich herumgedrückt. Twilight war er unheimlich, also hat sie ihn zur Rede gestellt – hast ja selbst erlebt, wie sie war.«

»Wann genau war das?«, fragte Miez Marple.

Buster kratzte sich mit der rechten Vorderpfote am Hals.

»Ist ein paar Tage her. Müsste Freitag gewesen sein.«

Miez Marple überlegte. Laut Pluto und Venetia war Brösel vor genau drei Tagen verschwunden.

»Was hat der Kater gemacht, nachdem Twilight ihn zur Rede gestellt hatte?«

»Hat sich aus dem Staub gemacht. Danach hab ich ihn auch nicht mehr gesehen.«

Der Kater wirkte aufrichtig. Miez Marple sah ihn mitfühlend an.

»Ich muss dich das leider fragen, Buster: Wo warst du gestern Nacht?«

»Ich war bei Freya. Wir machen den Wahlkampf für Krall Marx und mussten die Tour durch die Viertel planen. Kannst sie ja fragen, wenn du mir nicht glaubst.«

»Danke. Wenn dir noch irgendetwas einfällt, dann erzählst du es mir, in Ordnung?«

»Zur Polizei geh ich sicher nicht!«

»Keine Sorge, der Kommissar erfährt von mir keine Silbe.«

Buster schien zufrieden. Miez verabschiedete sich und trat mit Betti den Weg in Richtung Innenstadt an. Als Buster außer Sichtweite war, sagte die Katzendetektivin zu ihrer gefiederten Freundin: »Betti, wärst du so lieb und überprüfst Busters Alibi? Ich muss mich um diese Diebstähle kümmern, damit Milky Way mich nicht mehr behandelt wie eine Hilfspolizistin.«

Die Taube gurrte. »Natürlich, liebe Miez. Danach werde ich mich ein wenig zurückziehen. Du weißt, morgen ist es ein Jahr her.«

Der Todestag ihres Gatten Berti ließ die Taube seit Wochen unruhiger werden. Miez Marple wusste, dass sie ihre Freundin mit Samtpfoten anfassen musste.

»Nimm dir Zeit, liebste Betti. Wenn du uns brauchst – Watson und ich sind für dich da.«

»Ich weiß wirklich nicht, was ich ohne euch zwei machen würde. Gerade jetzt, wo so viel Schreckliches passiert. Es tut gut, zu wissen, dass wenigstens ihr euch gegen die Kräfte des Bösen stellt. Danke, Miez.«

Daraufhin flatterte die Taube davon. Miez Marple beschleunigte ihren Schritt, denn sie wollte diese lästige Aufgabe, die Milky Way ihr gestellt hatte, so rasch wie möglich hinter sich bringen.

ACHT

Felicity Fellball war das, was man gemeinhin eine Salonlöwin nannte. Die stadtbekannte Savannah-Katze lebte in *Heike's Fellpalast* – dem feinsten Tiersalon der Stadt. Hier ließen sich die vornehmsten Vierbeiner das Fell striegeln und die Krallen feilen. Sogar der Schlagerstar Florian Silberschweif hatte sich bis zum letzten Jahr hier regelmäßig blicken lassen. Miez Marple seufzte und betrat den Laden. Sie hatte ihn nicht verfehlen können, schließlich waberten die Düfte unterschiedlicher Puder, Shampoos und Felltinkturen wie ein süßlicher Nebel durch die umliegenden Straßenblocks. Die Einrichtung des Salons war ein Fiebertraum aus Silber, Weiß und Rosa. An der Wand über den Waschbecken und Badewannen hingen zahlreiche Poster. Bei den meisten handelte es sich um alte Fressschalen-Plakate und andere Werbemittel für Katzenfutter. Alle zierte das Antlitz von Felicity Fellball. Die Besitzerin des Salons – Heike Lausen – war gerade in der Mittagspause, was Miez Marple ermöglichte, den Laden zu betreten, ohne Gefahr zu laufen, gegen ihren Willen eingeseift oder frisiert zu werden. Die leibhaftige Felicity Fellball hockte auf einem der Frisiertische. Als sie die Katzendetektivin erkannte, maunzte sie in einer Tonhöhe, die die Ermittlerin zusammenzucken ließ.

»Miez Marple!«, flötete Felicity und sprang von ihrer Anhöhe hinab.

Sie war eine eindrucksvolle Erscheinung. Ihr goldenes Fell mit den schwarzen Tupfen glänzte makellos, und ihr hochbeiniger Körperbau war der Inbegriff von feliner Eleganz. Sie blinzelte der Ermittlerin aus ihren tiefgrünen Augen entgegen.

»Hallo, Felicity, gut, dass du da bist«, sagte Miez Marple.

»Und wie gut das ist! Schön, dass wir uns endlich einmal wiedersehen! Wie lange ist das jetzt her? Sag nichts! Es muss ein halbes Jahrzehnt vergangen sein seit unserer letzten Begegnung. Ein absoluter Skandal, wenn du mich fragst. Aber wenn wir schon bei Skandalen sind«, sie hielt kurz inne und kam ein paar Schritte auf Miez Marple zu, der ein schwerer Kokosgeruch in die Nase stieg, »du hast ja eine ganz schöne Show hingelegt bei Larry!«

Die Katzendetektivin holte Luft, um zu protestieren, doch Felicity war schneller: »Wunderbar war das, einfach wunderbar! Die ganze Stadt spricht von dir. Ein toller Schachzug. Du bist nicht nur eine klasse Detektivin, sondern auch ein durchtriebenes PR-Genie! Und das will was heißen, denn eigentlich reimt sich auf Publicity nur Felicity! Ich glaube, kaum ein Video von Larrys Show hatte so viele Klicks wie deins!«

Aufgeregt umkreiste Felicity Fellball die Katzendetektivin. Miez Marple spannte unbewusst die Muskeln an und suchte instinktiv nach einer Fluchtmöglichkeit.

»Was kann ich für dich tun, Miez? Eine Lavendel-Fellkur? Ein wenig Krallitüre?«

Der Kokosduft war nun so intensiv, dass Miez Marple beinahe würgen musste. Sie zwang sich jedoch zur Professionalität.

»Ein andermal, Felicity. Eigentlich bin ich hier, weil du ein Verbrechen gemeldet hast.«

»Ein Verbrechen?!« Felicity sprang ein paar Zentimeter in die Luft. »Hier?! Das wäre ja eine Ungeheuerlichkeit!«

Verwirrt sah Miez Marple die Katze an.

»Aber Watson und Kommissar Milky Way meinten beide, dass ...«

»Ach, du meinst den *Diebstahl*! Das ist doch längst Fell von gestern. Warte hier, ich zeig dir was«, sagte die Katze und verschwand im hinteren Teil des Ladens. Als sie zurückkehrte, hatte sie etwas im Maul. Etwas, das Miez Marple sofort wiedererkannte. Es war ein kleiner samtener Beutel mit dem bestickten Schriftzug der Fressschalen-Luxury-Kollektion. Genau so einer, wie ihn Watson und Miez Marple von Ethan von Mausenstein geschenkt bekommen hatten. Felicity öffnete ihn und präsentierte Miez Marple voller Stolz die kleine Stoffmaus aus Damast.

»Ich habe längst einen Ersatz gefunden, einen viel besseren noch dazu! Wenn du willst, kannst du gern einmal damit spielen!«

Felicitys Augen strahlten Miez Marple entgegen wie zwei Smaragde.

»Ethan von Mausenstein war so freundlich, mir dieses Prachtstück zu schicken. Und weißt du, was das Beste daran ist?«

Miez Marple sah Felicity fragend an.

»Die Maus kam mit einer Einladung zu einem exklusiven Bankett in der Villa von Mausenstein! Ist es denn zu fassen? Die letzten Jahre habe ich gedacht, die Stadt hat mich vergessen, aber offenbar kommt die High Society doch nicht ohne mich aus.«

Triumphierend reckte die Savannah-Katze ihren Kopf in die Höhe und schnurrte zufrieden.

»Aber was ist mit deiner alten Stoffmaus passiert?«, fragte Miez Marple.

Die Salonlöwin rollte entnervt die Augen, als Miez Marple das Thema von Felicity auf Verbrechen wechselte.

»Ach, der alte Fetzen. Da hing die Füllung ohnehin schon raus. Weißt du, Miez, ich bin im Nachhinein ganz froh, dass dieser Rüpel damit abgehauen ist.«

Die flauschige Ermittlerin stellte die Ohren auf. »Welcher Rüpel? Von wem sprichst du?«

Felicity winkte ab und sah dabei aus wie eine der goldenen Maneki-neko-Figuren, wie sie oft in Sushi-Restaurants zu finden waren.

»Ach, Miez, lass es gut sein. Ein Streuner vermutlich, der sonst nicht viel in seinem Leben hat. Ist hier reingeschlichen, als ich gerade hinten im Laden meinen Schönheitsschlaf gehalten habe.«

»Also hast du ihn gesehen?«

»Du musst deine wertvolle Zeit wirklich nicht mit dieser Lappalie verschwenden, Miez Marple.«

»Bitte, Felicity. Ich habe Kommissar Milky Way versprochen, dass ich ihm helfe.«

Felicity schnurrte aufreizend. »Milky Way. Grüß den süßen

Kater von mir. In Ordnung, ich versuche mich zu erinnern!« Felicity schloss die Augen und machte eine dramatische Pause. Die Lautsprecherboxen im Hintergrund spielten sphärische Klänge, von denen die Menschen glaubten, dass sie Katzen beruhigten. Miez Marple jedoch machte diese Art von Musik eher nervös. »Also, der Kater, den ich gesehen habe, war schlank. Er hatte graues Fell. Nein, warte! Eher grau-blau. Und ein auffallend kantiges Gesicht hatte er. Es muss ein Britisch Kurzhaar gewesen sein.«

»Ein Britisch Kurzhaar, sagst du?«

»Aber es ging alles so schnell, Miez! Ich bin ihm natürlich sofort hinterher, aber ich bin ja auch nicht mehr die Jüngste. Irgendwo beim alten Zoo habe ich ihn dann verloren. Aber wie gesagt: Für mich ist der Fall erledigt. Aber falls dir der gut aussehende Kommissar nicht glaubt, schick ihn doch einfach mal hierher. Ich würde ihm das liebend gerne auch persönlich erklären.«

Miez Marple ahnte, warum Milky Way so erpicht darauf gewesen war, diesen Fall an sie abzugeben. Sie begann, ihren Schwanz zu jagen. Felicity wirkte irritiert.

»Was hat dich denn gestochen?«

Miez Marple hatte diese Technik über die Jahre entwickelt, um ihre Gedanken besser ordnen zu können. Sie rannte im Kreis und rief sich dabei immer wieder die einzelnen Geschehnisse der letzten Tage in Erinnerung. Brösels Verschwinden. Die Diebstähle. Die Krallenspuren am Friedhof. Das seltsame Verhalten von Ethan von Mausenstein. Der Mord an Twilight. Irgendwo, da war sie sich sicher, gab es eine Verbindung. Doch hier, gefangen im Kokosnebel, war es unmöglich, eine logische Deduktion durchzuführen. Sie hielt an und wandte sich an Felicity: »Danke für deine Zeit. Ich muss jetzt los.«

»Bleib doch noch einen Moment! Ich muss mich gleich herrichten für den Abend und würde mich über so prominente Gesellschaft freuen!«

In diesem Moment schrillte eine Glocke. Prompt wirbelte die Katzendetektivin herum, stellte die Ohren auf und sah in Richtung Salontür. Heike Lausen stand mit zwei großen Einkaufstüten im Eingangsbereich und blickte hinab auf die flauschige Ermittlerin.

»Wunderbar! Du bleibst also zur Fellkur!«

Doch Miez Marple fauchte die Menschenfrau an, die daraufhin fast ihre Einkäufe fallen ließ. Einige Tomaten rollten über die Fliesen. Dann huschte sie unter den Beinen von Heike Lausen hindurch, rannte auf die Straße und hielt so lange nicht an, bis die Abgase der Autos sie von den süßlichen Ausdünstungen des Salons erlöst hatten.

Die Schriftstellerin Agathe Christiansen war in der Vergangenheit mehr als einmal böse gewesen auf die Katzendetektivin. Nicht nur die Aktion mit den Vorhängen hatte ihre Beziehung belastet, auch Miez Marples Angewohnheit, mit ungekochten Nudeln zu spielen, war schon immer Grund für Konflikte gewesen. Als Miez Marple das Haus betrat, empfing Agathe sie mit geschwollenem Zeh und einem Gesichtsausdruck, der unmissverständlich klarmachen sollte, dass eine Grenze überschritten war. Noch bevor sie sich unter einem Schrank verstecken konnte, wurde sie von der Menschenfrau gepackt – nicht grob, aber bestimmt. Miez Marple wand sich hin und her, während Agathe sich hinabbeugte und den Schließmechanismus der Katzenklappe betätigte. Hausarrest! Miez Marple schaffte es endlich, sich aus Agathes Griff zu befreien, und maunzte aus Leibeskräften. Das war die absolute Höchststrafe. Sie wurde nur verhängt, wenn die Menschenfrau wirklich böse war. Wie das eine Mal, als Miez Marple an eine Teetasse gestoßen war, deren Inhalt sich daraufhin über Agathes gerade fertiggestelltes Manuskript ergossen hatte. Dass der Tee von der Katzengrasmafia vergiftet worden war, um sich an Miez Marple zu rächen, konnte Agathe schließlich nicht gewusst haben. Damals trug die Katzendetektivin ihre Strafe mit Fassung, schließlich war sie einfach erleichtert, dass ihre Menschenfreundin diesen Anschlag überlebt hatte, aber das hier – das war einfach ungerecht. Sie kratzte an Tür und Klappe, bis der Lack und eine ihrer Krallenspitzen absplitterten. Wenige Dinge ließen die Katzendetektivin so verzweifeln wie abgeschlossene Türen. In ihrer Pein rannte sie ins Badezimmer, rollte die gesamte Klorolle ab und kratzte in ihrem eigenen Notationssystem ein Gedicht in die einzelnen Blätter:

Es hängt Agonie in den Angeln
wo ich meinen Weg hätt gebahnt
werde euch bekämpfen und rangeln
solang ihr mein Leid hölzern rahmt

Welten gesperrt hinter Schwellen
Universen von Klinken bewacht
Ja, die Hunde müssen nur bellen
Und schon wird der Weg frei gemacht

Türen und Tore, hört die Signale
So lasst uns doch endlich vorbei!
Denn die Welt ist erst ohne Portale
für eine Katze tatsächlich auch frei

Danach zog sich Miez Marple beleidigt in ihren Korb zurück und stellte sich schlafend – auch als Agathe versöhnlich nach ihr rief und ihren Napf mit einer extragroßen Portion befüllte. Nach einiger Zeit dämmerte sie weg und erwachte erst wieder, als alle Lichter im Haus schon erloschen waren. Sie würde mindestens bis zum nächsten Tag hier gefangen sein. Im Wohnzimmer hüpfte sie missmutig auf den Schreibtisch und schaltete Agathes Laptop ein. Unter dem leisen Rauschen des Lüfters klickte sie sich auf der Suche nach etwas Ablenkung durchs Internet. Sie stieß auf alte Werbeclips von Felicity Fellball, einen absurden Artikel der *Bellt-Zeitung*, der behauptete, Krall Marx hätte seine eigenen Kinder gegessen, und schließlich wurde ihr ein Video vorgeschlagen, das erst vor wenigen Minuten hochgeladen worden war. Das Vorschaubild zeigte die Katzenbürgermeisterin Magret Scratcher, die direkt in die Kamera sah. Wie gewohnt zeigte sie sich mit auffällig streng gekämmtem gelblichem Fell. Es trug den Titel »my cat discovers camera on the floor 🐾«. Miez Marple spielte die Aufnahme ab.

»Werte Tiere der Stadt, als von Ihnen gewählte Bürgermeisterin hielt ich die letzten Jahre meine schützende Pfote über Sie. Diese Aufgabe war nicht immer leicht, doch bisher ist es mir noch immer gelungen, das herzustellen, was wir uns alle wünschen: Ordnung. Doch die Zeiten haben sich geändert.

Die Kriminalität in den Revieren explodiert. Und zwar besonders da, wo Tiere in großer Zahl auf der Straße leben. Ich nenne nur die Fakten: Kätzchen verschwinden, Katzen werden ermordet, und überall in der Stadt wird mehr gestohlen als vom gesamten Elsternverband. Das muss ein Ende finden, und ich sage …«

Miez Marple schaltete das Video stumm. Es war ihre Lieblingsfunktion, von der sie sich wünschte, sie könnte sie auch im Alltag anwenden. Während sie sich vorstellte, wie sie Kommissar Milky Way stumm schaltete, sah sie sich das Video genauer an. Scratchers Kopf füllte fast den gesamten Bildschirm aus, doch im Hintergrund erkannte sie Umrisse, die ihr vertraut vorkamen: das Holz an den Wänden, ein angeschnittener Kronleuchter – das war doch die Villa von Mausenstein! Sie spulte das Video zurück. Die Aufnahme musste also bei dem Bankett, von dem Mausenstein geredet hatte, entstanden sein. Sie schnaubte verächtlich über diese Nähe von Wirtschaft und Politik. Plötzlich haute sie mit ihrer Pfote auf die Leertaste, woraufhin das Video anhielt. Hinter Scratchers Ohr entdeckte sie Felicity Fellball, die mit Ethan von Mausenstein sprach und sich köstlich amüsierte. Sie schaltete den Vollbildmodus ein, um die Details besser erkennen zu können. Als der Futtermittelbaron für einen kurzen Moment seinen Kopf drehte, weiteten sich Miez Marples Pupillen. Über Mausensteins Gesicht verlief eine tiefe Wunde. Keine gewöhnliche Kampfverletzung, wie sie die Katzendetektivin in der Streunerkolonie mehrfach gesehen hatte. Dies war ein langer, tiefer Schnitt von einer Klaue. Mit wem war Mausenstein aneinandergeraten? Und vor allem: Warum? Vielleicht hatte Watson etwas beobachtet. Doch solange sie hier festsaß, musste sie sich anderweitig beschäftigen. Sie hätte recherchieren können, welche Tiere infrage kamen. Sie hätte versuchen können, die Geschehnisse der letzten Tage zu ordnen, was ihr in Felicitys Salon nicht gelungen war. Sie hätte ein paar neue Gedichte schreiben können – aber nichts davon sagte ihr zu. Wohl oder übel musste sie also die Nacht damit zubringen, Videos im Internet zu schauen. Emotional ging es ihr dadurch zwar nicht besser, aber das World Wide Web war ein guter Ort, um ihren Frust mithilfe von Belanglosigkeiten zu verdrängen.

NEUN

Am nächsten Morgen öffnete Agathe Christiansen endlich wieder die Katzenklappe, bevor sie selbst das Haus verließ. Miez Marple atmete die kühle Morgenluft ein und betrat den Garten. Der Herbst hatte hier mit voller Kraft zugeschlagen. Agathe hatte in den letzten Tagen Laub und Reisig zusammengekehrt und zu einem großen Haufen am Zaun aufgetürmt. Davor stand ein Eichhörnchen-Makler und verabschiedete gerade ein Igelpärchen: »Neubau, aufstrebende Nachbarschaft in zentraler Lage – Sie finden nichts Besseres für den Preis, das verspreche ich Ihnen. Für die fünftausend Haselnüsse kann ich Ihnen auch eine Ratenzahlung anbieten!« Die zwei Igel sahen den Makler im Fortgehen an, als sei er völlig übergeschnappt.

»Der Tod schwebt über der Stadt und weiß genau, dass er sich geirrt hat«, gurrte Betti. Sie landete auf dem Gartentisch, der einen großen Teil der Terrasse einnahm. »Schön, dass du schon da bist, Miez.«

Die Katzendetektivin sah nach oben. Der Himmel hatte sich dem Anlass angepasst und trug einen schwarz-grauen Schleier. Nach und nach trafen auch Watson und die anderen

Gäste ein. Darunter waren viele Tauben vom Hauptplatz und weit gereiste Trauertauben, aber auch einige Nager, Katzen und Hunde kamen nach und nach in den Garten. Als die Gemeinschaft komplett schien, hüpfte Betti vom Tisch und ging über den Rasen in Richtung der Gemüsebeete. Sie steuerte auf einen Stein zu, in den mit scharfen Krallen Bertis Name geritzt worden war.

»Dass ihr alle hier seid«, begann Betti und drehte sich zu den Anwesenden um, »hätte meinem Berti viel bedeutet. Seit jenem Tag vor einem Jahr ist kein einziger vergangen, an dem ich nicht an ihn gedacht habe. Es war kein einfaches Jahr, das gebe ich zu. Immer wenn ich meine Kreise über der Stadt ziehe, sehe ich Orte, die mein Täuberich und ich gemeinsam erkundet haben. Manchmal sehe ich dann eine Stelle und erinnere mich genau, wie er dort gesessen hat – doch statt ihm ist da nur eine täuberichgroße Lücke.«

Eine Taube schluchzte in ihren Flügel. Miez Marple sah Watson besorgt an. Die Katzendetektivin und ihr Freund hatten das letzte Jahr über alles getan, um Betti beschäftigt zu halten. Sie hatten sie fest in ihren sozialen Kreis integriert und gaben ihr Bestes, sie vor negativen Einflüssen zu schützen. Aber wenn es wahr war und die Trauer wirklich in fünf Phasen ablief, dann befand sich Betti noch immer in der ersten. Ihr Zustand hatte sich, bis auf ein paar Ausnahmen, kaum verändert. Miez Marple hatte festgestellt, dass die Taube eine bemerkenswerte Schauspielerin war, die vorgab, im Alltag zurechtzukommen. Aber hin und wieder brach es aus Betti heraus. Dann rang sie mit Wahnvorstellungen und fantasierte, dass Berti noch am Leben wäre.

»›Das Schicksal hat immer recht‹, hat mein Berti immer gepredigt.« Sie blickte auf den Stein am Boden. »Wir haben nie gestritten. Aber heute würde ich augenblicklich damit anfangen, mein Täuberich, nur um einmal noch deine Stimme zu hören.«

Nach einiger Zeit sah Betti wieder in die Runde und wirkte etwas verwirrt, dass dort so viele Tiere saßen. Zerstreut beendete die Taube ihre Rede: »Ich danke euch allen, dass ihr gekommen seid.«

Dann wandte sie sich wieder dem Grabstein zu. Miez Marple und Watson blieben eine Weile, unterhielten sich mit den Gästen und trösteten Betti. In einem ruhigen Moment, als sich schon eine große Zahl der Gäste verabschiedet hatte, wandte sich Betti an Miez Marple.

»Nur damit ich es nicht vergesse«, sagte sie und gab sich dabei bemüht professionell. »Ich habe mit Freya gesprochen, und Buster hat für die Tatzeit definitiv ein Alibi. Ich persönlich glaube auch nicht, dass er es hätte tun können. Er hat Twilight wirklich gerngehabt.«

Bei den letzten Worten zitterte ihre Stimme. Miez Marple und Watson blieben noch einige Minuten, bis es so schien, als würden Bettis engste Taubenfreundinnen den Rest des Tages bei ihr bleiben. Sie steckten ihre Schnäbel zusammen und gurrten leise und bedächtig. Als Miez und Watson das Gefühl hatten, dass die Lage stabil war, verabschiedeten sie sich und machten sich davon in Richtung Polizeihauptquartier.

»Von einem Tod zum nächsten«, seufzte die Katzendetektivin.

Auf dem Weg fiel Miez Marple auf, dass Watsons Fell etwas zerzaust aussah. Er wirkte müde.

»Du hast noch gar nicht von deiner Beschattung erzählt, mein Lieber«, sagte Miez Marple.

Der schwarze Kater zog etwas abfällig die Lippe nach oben, sodass ein spitzer Fangzahn zu sehen war.

»Leider haben meine Observationen keine neuen Erkenntnisse ergeben. Alles, was ich mitansehen durfte, war eine scheußliche Zurschaustellung überbordender Dekadenz.«

»Muss ja eine wilde Party gewesen sein.«

»In der Tat! Zu meinem Bedauern musste ich mein Versteck mit Bedacht wählen, und so war es mir nicht möglich, Konversationen mitzuhören. Lediglich deine Freundin Felicity Fellball war bis in den Garten hinaus gut zu verstehen.«

»Was hat sie gesagt?«

»Es war derart irrelevant – als der Schall mein Ohr erreichte, vergaß ich auch schon wieder, was sie gesagt hatte. Bemerkenswert, wenn man bedenkt, dass mir das Aufnehmen von Informationen sonst so leichtfällt.«

Miez Marple konnte ein Glucksen nicht unterdrücken. Dann berichtete sie ihrem Freund von der Wunde, die Mausenstein in dem Video gehabt hatte.

»Aus der Entfernung konnte ich das nicht genau erkennen. Hätte auch unvorteilhaftes Licht sein können – oder roher Lachs.«

»Was?!«, fragte Miez Marple.

»Den hat sich die feine Gesellschaft kiloweise zugeführt, und irgendwann haben sie einfach damit gespielt, als handele es sich um gewöhnliches Trockenfutter.«

Miez Marple schüttelte den Kopf. So langsam wünschte sie sich, dass Mausenstein in die Sache verwickelt war. Denn wenn es so war, würde sie dafür sorgen, dass er zu schätzen lernte, dass überhaupt etwas in seinem Napf lag.

Man hatte ihnen mitgeteilt, dass Kommissar Milky Way im Kühlraum hinter der Fleischtheke auf sie wartete. Im Vorbeigehen beobachtete die Katzendetektivin aus dem Augenwinkel die Verbrecherinnen und Ganoven, die hinter ihren Glasscheiben saßen und sie ihrerseits missmutig beäugten. Hier und da standen ausgeblichene Schilder mit Sonderangeboten für Pfefferkrustenschinken und Sülze in Aspik. Die Menschen hatten ein sonderbares Verhältnis zu Fleisch. Anstatt einfach zu jagen, mit der Beute zu spielen und sie dann zu fressen, wie es normal war, verunstalteten sie ihre Opfer so weit, bis sie nichts mehr mit dem ursprünglichen Leckerbissen zu tun hatten. Hinzu kam, dass die meisten Menschen ohnehin viel zu ungeschickt zum Jagen waren. Zumindest hatte sie Agathe noch nie dabei beobachtet, wie sie eine Maus erlegte. Sie sah ein weiteres Schild, das für Bärchenwurst warb, und beschloss, sich nicht weiter zu wundern.

Die Wände des Kühlraums bestanden aus gebürstetem Edelstahl. In unterschiedlicher Höhe waren Stangen montiert, an denen mehrere Fleischerhaken hingen. Abgesehen davon war der Raum leer, bis auf einen niedrigen Tisch in der Mitte. Auf diesem Tisch lag Twilight, noch immer in derselben schreckerfüllten Pose. Hier in dem kalten Licht wirkte alles plötzlich furchtbar real. Jemand hatte sich erbarmt und ihre Lider geschlossen. Miez Marple beobachtete Watson, der nun flach atmete. Abgesehen davon zeigte er keinerlei Gefühlsregung. Er schlich um den Tisch herum, sprang hinauf und betrachtete seine ehemalige Gefährtin.

Um ihrem Freund mehr Zeit zu geben, wandte sich Miez Marple an den Kommissar: »Was haben Sie für mich, Milky Way?«, fragte sie. Das linke Ohr des roten Katers zuckte unter seiner Polizeimütze. Das tat es immer, wenn Milky Way besonders genervt oder gestresst war.

»Dass die Sache besonders hässlich ist, sehen Sie ja selbst. Der Körper war bereits erstarrt, als wir am Tatort ankamen, und die Wunden passen zu keinem Tier in unserer Datenbank. In der Streunerkolonie will niemand etwas gesehen oder gehört haben – ich kann so nicht viel machen, Marple.«

»Aber Sie müssen doch irgendetwas herausgefunden haben. Gibt es Vermutungen?«

Milky Way bedeutete der flauschigen Ermittlerin, ihm zu folgen. Sie sprangen zu Watson auf den Tisch, der seinen Blick weiter auf Twilight gerichtet hielt. Milky Way deutete mit seiner Vorderpfote auf den Bauch der toten Katze.

»Der Länge und Tiefe der Wunden nach zu urteilen, könnte es ein größerer Greifvogel gewesen sein. Da hätten wir es aber mit einem Bussard oder einem kleinen Adler zu tun, und davon gibt es meines Wissens keine in der Stadt.«

Miez Marple ging an der Kante des Tisches auf und ab. »Ich habe am Sonntag ähnliche Spuren auf dem Friedhof beim alten Kloster gesehen.«

»Ich gehe mal davon aus, dass Sie keine Fotos oder Abdrücke gemacht haben?«

»Nein, es wurde alles verwischt, als ...«, Miez Marples Augen leuchteten auf. »Es könnte ein großer Vogel gewesen sein, sagen Sie?«

Der Kommissar nickte.

»Wäre es vielleicht denkbar, dass die Wunden von einem großen Raben stammen?«

»Was deuten Sie damit an, Marple?«

»Na ja, Sie wissen schon: schwarzes Gefieder, schwarzer Schnabel, schwarze, zentimeterlange Klauen? Die Schwingen des Todes?«

Nun zuckten beide Ohren Milky Ways.

»Sie meinen doch nicht diesen Nimmermehr mit seinen Schauermärchen? Sie glauben, der macht jetzt Jagd auf streunende Katzen? Ich sehe da kein Motiv.«

»Vielleicht fand Twilight seine Show nicht gut? Vielleicht sind ihm seine Geschichten zu Kopf gestiegen? Vielleicht hat er den Schnabel nicht vollgekriegt – mehr Verbrechen heißt mehr Podcast-Geschichten.«

Der Kommissar sah die Katzendetektivin skeptisch an und kratzte sich mit einer Hinterpfote am Hals. »Ich weiß nicht, das kommt mir alles ein wenig dünn vor.«

Miez Marple fauchte. »Da sieh einer an, meine Theorien sind nicht gut genug für den werten Kommissar. Ständig tun Sie so, als hätte man Ihre Pfoten zusammengebunden, aber eigentlich erledige ich hier gerade Ihren Job!«

Milky Way machte einen Buckel und plusterte sich vor Miez Marple auf.

»Ins Blaue raten und willkürliche Anschuldigungen machen ist also mein Job? Ist es nicht das, was Sie sonst immer an mir kritisiert haben? Sie wissen ja auch nicht, was Sie wollen!«

»Es war kein Rabe.« Watsons tonlose Stimme ließ Miez Marple und den Kommissar verstummen.

Augenblicklich änderte Miez Marple ihren Tonfall und schämte sich jetzt für ihr Gekeife.

»Was meinst du damit, mein Lieber?«

»Der Eintrittswinkel der Klauen ist atypisch für einen Angriff von oben. Wenn es ein Vogel war, so muss der Angriff ebenerdig erfolgt sein.«

Auch Milky Way besaß offenbar ein wenig Feingefühl, denn auch er sprach nun für seine Verhältnisse sanft.

»Na, das hätte für eine Katze einen klaren Kampfvorteil bedeutet, so viel ist sicher.«

»Korrekt. Als wir damals zusammen am Hafen residierten, hat Twilight einmal in meiner Anwesenheit eine Möwe verprügelt, die doppelt so groß war wie sie.«

Miez Marple rückte näher an ihren Freund heran und inspizierte Twilights Körper genauer.

»Wenn man es so betrachtet, wirken auch die Bisse und Verletzungen zu … grob.«

»Wir können uns hoffentlich darauf einigen, dass hier noch einige Fäden im Knäuel versteckt sind. Ich verspreche Ihnen, ich gebe mein Bestes, auch wenn diese Diebstähle mich noch in den Wahnsinn treiben. Wo wir gerade dabei sind: Haben Sie bei der Fellball was herausgefunden?«

Miez Marple berichtete dem Kommissar von ihrer Begegnung mit Felicity Fellball. Milky Way schien dankbar, dass sich die Sache von selbst erledigt hatte.

»In Ordnung, Marple«, sagte der Kommissar. »Ich habe sämtliche Unterlagen zu der Mordserie durchgesehen, und der Einzige, der damals an den Ermittlungen beteiligt war, war ein Kommissar Schnurrkenfang. Ich kenne ihn leider nicht persönlich, aber er ist eine kleine Legende. Hat unter anderem den pyromanischen Feuersalamander Timon Tümpel geschnappt!« Mit diesen Worten gab er Miez Marple eine Adresse.

»Das sind zumindest die letzten Daten, die wir von dem Kommissar haben. Es ist der vierte Balkon von rechts im zweiten Stock. Viel Erfolg, Marple. Wir grenzen derweil die Verdächtigen ein und versuchen noch mal unser Glück in der Streunerkolonie.«

Miez Marple bedankte sich beim Kommissar und verließ mit Watson an ihrer Seite den Kühlraum. Draußen vor dem Polizeihauptquartier sah sie ihren Freund an.

»Ich weiß, dass du Twilight sehr nahestandest. Wenn du also darüber sprechen möchtest, dann bin ich für dich da.«

Watson sah sie an und schüttelte den Kopf. »Reden ist nicht notwendig, aber bevor ich mir noch einmal die Villa von Mausenstein ansehe, brauche ich kurz deine Hilfe.«

»Alles, mein Lieber«, sagte die Katzendetektivin und folgte ihrem Freund. Der schwarze Kater führte Miez Marple durch die Innenstadt, bis sie in den Teil gelangten, in dem die Häuser niedriger und die Straßen mit Kopfstein gepflastert waren. Die restaurierten Fachwerkhäuser der Altstadt beherbergten Boutiquen und teure Restaurants. Watson huschte mit Miez Marple durch die Beine von Zweibeinern, die hier durch die Straßen schlenderten. Die meisten von ihnen waren Touristen. Häufig blieben sie ruckartig stehen und betrachteten die Schaufenster oder die aufgestellten Speisekarten von Restaurants, oder sie starrten hilflos auf ihre Handys, weil sie sich verlaufen hatten. Am Ufer des Kanals gelangten Miez und Watson schließlich zu einem Restaurant, das in der Welt der Katzen einen besonderen Ruf genoss: die Silberne Pfote. Das luxuriöse Etablissement war der Ort, an dem die Unterwelt zusammenkam. Nicht nur Menschen konnten in diesem feinen Lokal Speisen von exquisiter Qualität genießen, auch für Haustiere gab es auf einer eigenen Speisekarte eine erlesene Auswahl an Leckerbissen. Der Außenbereich am Fluss war trotz der herbstlichen Temperaturen voll besetzt mit Menschen, die sich über eine Vielzahl von Delikatessen hermachten. Um ihre Felllosigkeit zu kompensieren, trugen sie dicke Jacken, und unter der Überdachung sorgten orange Heizlampen für angenehme Wärme.

»Willst du mich etwa zum Essen ausführen?«, fragte die Katzendetektivin ihren Freund, der auf die Brüstung am Kanal gesprungen war und die Kellnerinnen und Kellner beobachtete. Als er ihr nicht antwortete, setzte sie sich zu ihm, und gemeinsam schwiegen sie eine Weile. Miez Marple sah hinauf zu den Fenstern im oberen Geschoss des windschiefen Gebäudes. Hinter den Vorhängen blitzten zwei Augen hervor, die sie für einen kurzen Moment fixierten und dann wieder verschwanden.

»Ich könnte hilfreicher sein, wenn du mir verraten würdest, was du vorhast, Watson. Dir ist schon klar, dass Don Katzinos Leute uns längst entdeckt haben?«

Doch noch immer sagte Watson kein Wort. Kurz darauf

trat eine rotwangige Kellnerin auf den Gehweg. Auf dem riesigen Teller, den sie mit einer Hand balancierte, befand sich eine Pizza, die augenblicklich alle anderen olfaktorischen Reize überdeckte.

»Miez, ich möchte dich bitten, diese Frau zum Stolpern zu bringen.«

Miez Marple wollte widersprechen oder zumindest eine Frage stellen, doch ein Blick in Watsons Gesicht reichte, um festzustellen, dass Widerstand zwecklos war. Aus dem Augenwinkel bemerkte sie, wie zwei Kater aus einer Gasse neben der Silbernen Pfote langsam in Richtung Außenbereich schlichen.

»Jetzt!«, sagte Watson.

Miez Marple sprintete los. Gerade als die Frau mit der Pizza die Straße überquert hatte und einen Fuß auf den Bordstein setzen wollte, sprang Miez Marple mit den Krallen voraus an das Hosenbein der Kellnerin. Die Frau kreischte auf, geriet ins Schwanken und ließ den Teller samt Pizza zu Boden fallen. Porzellansplitter verteilten sich über das Kopfsteinpflaster. Watson, der nur wenige Schritte hinter Miez geblieben war, sprang jetzt nach vorne, schnappte sich die noch dampfende Pizza und rannte davon. Aus der dunklen Nebengasse kamen nun die zwei Kater geschossen und jagten ihnen hinterher. Jetzt erkannte Miez Marple sie – es waren Cole und Xerxes, die beiden Pfotlanger der Katzengrasmafia. Der aschgraue Xerxes trug eine stählerne Klaue anstelle einer Pfote und schien gar nicht erfreut über Watsons und Miez Marples Revierübertretung. Mit Xerxes hatte Miez Marple bereits im letzten Jahr eine äußerst unangenehme Begegnung gehabt, die sie um keinen Preis wiederholen wollte. Watson und

Miez rasten durch die engen Gassen der Altstadt, ihre Verfolger dicht auf den Fersen. Immer wieder prallten sie beinahe mit Menschen zusammen, die belustigt auf Watson deuteten und anfingen, ihn zu filmen, als hätten sie noch nie eine Katze mit einer Pizza im Maul gesehen. Sie bogen nach links ab und rannten eine leicht ansteigende Gasse hinauf. Hier waren weniger Menschen unterwegs, weniger Hindernisse also, denen sie ausweichen mussten. Allerdings galt das Gleiche auch für ihre Verfolger, die nun immer näher kamen. Miez Marples Atem ging schneller und schneller. Wenige Meter vor ihnen stand ein junger Mann, der ein Baby auf dem Arm trug und die Auslagen eines Spielwarengeschäfts betrachtete. Mit der freien Hand hielt er einen Kinderwagen. Als Watson an ihm vorbeirannte, nahm er keinerlei Notiz von ihm. Miez Marple blickte sich gehetzt um – Cole und Xerxes bogen gerade hinter ihnen in die Gasse und waren nun nur noch wenige Meter entfernt. Xerxes' Stahlklaue verursachte ein hässliches, kreischendes Geräusch auf dem Pflaster, und erschrocken drehte sich der Mann nun zu den drei Katzen um, die da auf ihn zugeschossen kamen. Miez Marple schluckte, weil sie plötzlich wusste, was sie tun musste. Schrill miauend rannte sie auf den Mann mit dem Baby los und zog dabei ihre furchterregendste Fratze. Die Augen des jungen Vaters weiteten sich, aber Miez Marple hielt unbeirrt auf ihn zu. Kurz bevor die Katze ihn erreicht hatte, drückte er sein Kind fester an sich und schleuderte dann den Kinderwagen die Gasse hinab direkt auf Miez Marple zu. Die Katzendetektivin, die genau das beabsichtigt hatte, setzte zum Sprung an, hechtete über das auf sie zuschlingernde Gefährt hinweg und hörte mit

Erleichterung das Jaulen von Cole und Xerxes hinter sich, die ungebremst in den Wagen hineingerannt waren. Vor ihr bog Watson in eine weitere Gasse ab, und unter dem durch die Altstadt hallenden Geschrei von Baby und Vater hastete Miez Marple ihm hinterher.

ZEHN

»Oliven«, sagte Watson und beugte sich über die Pizza oder das, was davon noch übrig war. Sie hatten sich einen Platz hinter einem Bauzaun gesucht. Die Katzendetektivin atmete noch immer schwer. »Was für Oliven, Watson?!«, keuchte sie und linste unter dem Zaun hindurch, um zu sehen, ob sie ihre Verfolger auch wirklich abgeschüttelt hatten. »Was hast du dir bei dieser Aktion gedacht?!«

Watson stocherte mit seiner Pfote in den Teig- und Käseresten herum.

»Meine Zeit nach dem Tierheim war durchaus entbehrungsreich, wie du weißt.«

Miez Marple nickte. »Ja, das muss hart gewesen sein, aber ...«

»Twilight und ich waren damals ein Paar. Wir hatten einen positiven Einfluss aufeinander. Außerdem waren wir sehr gut in der Beschaffung von Nahrungsmitteln. Am liebsten mochte sie die hier.«

Er hielt Miez Marple eine kleine schwarze Olive hin.

»Ach, Watson, ich habe immer geahnt, dass in dir ein kleiner Romantiker steckt.« Sie nahm die Olive entgegen. »Ich muss leider zugeben, ich mag die nicht besonders.«

»Ich auch nicht«, sagte Watson und nahm sich selbst eine. »Doch verzweifelte Zeiten erfordern verzweifelte Maßnahmen. Auf Twilight«, sagte er und schluckte die Olive mit einem Happs hinunter.

»Auf Twilight«, wiederholte Miez Marple und zwang die ihre ebenfalls hinab. So aßen sie schweigend weiter, bis nichts übrig war außer dem Geschmack von Salz und einer leichten Bitterkeit.

Das Bahnhofsviertel bildete das innerstädtische Gegenstück zur Altstadt. Die Gebäude waren hier schmucklos, grau und funktional, eben darauf ausgelegt, möglichst viele Menschen und Haustiere auf engstem Raum zu beherbergen. Einzig die Graffiti an den Hauswänden gaben diesem Ort ein wenig Farbe. Miez Marple sah hinauf zu den Balkonen, die vereinzelt mit Katzennetzen und Satellitenschüsseln verziert waren. Der vierte Balkon von rechts war ebenfalls mit einem grünen Netz überspannt, was vielleicht als Indiz gedeutet werden konnte, dass Schnurrkenfang noch immer dort wohnte. Die Katzendetektivin erklomm ein Baugerüst an der Seite des Wohnblocks und kletterte daran in den zweiten Stock hinauf. Wenn Schnurrkenfang wirklich etwas über die Mordserie von vor zehn Jahren wusste, dann war er Miez Marples einziger Anhaltspunkt, um in diesem Fall vorwärtszukommen. Als sie den zweiten Stock erreicht hatte, hüpfte sie auf den ersten gemauerten Balkon, übersprang drei weitere Balustraden und erntete den verwunderten Blick einer alten Frau im rosa Bademantel, die gerade ihre Vorhänge zur Seite schob. Schließlich erreichte sie den Balkon, der ihr von Milky Way beschrieben worden war. Das Katzennetz war so dilettantisch angebracht, dass sie mühelos hindurchschlüpfen konnte. Bevor sie jedoch von der Mauer hinab auf den Balkon springen konnte, sah sie, dass etwas hier ganz und gar nicht stimmte. Die Balkontür war völlig zerstört. Etwas war mit Wucht dagegengeprallt und hatte das doppelwandige Glas zerschlagen. Im Türrahmen lag der vertrocknete Stamm eines Weihnachtsbaums, der hier offenbar gelagert worden war. Zwischen den Glassplittern fanden sich noch einige braune Nadeln. Miez Marple schnüffelte. Neben dem beißenden Geruch der Autoabgase lag noch etwas anderes in der Luft. Ein Geruch, den sie erst vor wenigen Tagen auf dem Friedhof wahrgenommen hatte und der ihr nur allzu vertraut war: Es roch nach Eisen. Es roch nach Blut. Instinktiv duckte sich Miez Marple. Pfote um Pfote tapste sie durch die Spuren der Verwüstung, bedacht darauf, sich nicht an den scharfkantigen Überresten zu verletzen. Die Wohnung war einfach eingerichtet, mit Möbeln, die vermutlich mehrere Jahrzehnte alt waren, wohl aber schon bei ihrer Neuanschaffung billig ausgesehen haben mussten. In der Ecke standen ein Napf mit eingetrocknetem Futter und eine Schale mit Wasser. Der Raum machte einen Knick, und als Miez Marple um die Ecke bog, sah sie einen hageren graublauen Kater, der vor einem Bücherregal stand und ihr den Rücken zugewandt hatte.

»Kommissar Schnurrkenfang?«, fragte die Katzendetektivin vorsichtig.

Erschrocken miaute der Kater auf und wirbelte herum. Miez Marple sah in die zwei weit aufgerissenen orangen Augen eines Katers mit grau-blauem Fell. Gerade wollte sie sich wundern, warum Milky Way den Kommissar als so alt beschrieben hatte, als sie zwischen den Vorderpfoten ihres Gegenübers den Körper eines weiteren, braunen, etwas dicklichen Katers entdeckte. Dieser war über und über mit Blut bedeckt, und auf den ersten Blick schien er nicht mehr zu atmen. Noch bevor Miez Marple eine Silbe hervorbrachte, stürmte der Kater auf Miez Marple zu und stieß sie gegen die Wand. Als sie sich aufgerappelt hatte, war der Angreifer bereits durch die Terrassentür gesprungen und hüpfte in atemberaubender Geschwindigkeit auf das Balkongeländer. Miez Marple setzte ihm nach. Kaum hatte sie jedoch den Türrahmen erreicht, schrie sie auf. Sie sah auf ihre linke Vorderpfote, in der ein etwa vier Zentimeter langer Glassplitter steckte. Der Kater schlüpfte durch das Netz und sprang auf den Balkon der Nachbarwohnung. Miez Marple versuchte sich den Splitter mit der anderen Pfote herauszuziehen, musste dabei aber vorsichtig sein, um sich nicht noch weiter zu verletzen. Als sie sich endlich von dem Glas befreit hatte, war der Kater längst verschwunden. Sie leckte sich über ihre verletzte Pfote und wollte gerade losrennen, um den Täter zu verfolgen, da hörte sie ein Röcheln hinter sich. Sie drehte sich herum und sah, wie der braune Kater verzweifelt versuchte, sich aufzurichten, aber sofort wieder kraftlos in sich zusammensackte. Die Katzendetektivin blickte noch einmal zur Terrasse, entschied, dass eine Verfolgung zwecklos war, und humpelte so schnell sie konnte auf den verletzten Kater zu.

»Sie kommen … zu spät«, stöhnte der Kater.

»Kommissar, was ist passiert?!«, fragte Miez Marple und besah sich Schnurrkenfangs Verletzungen. Er hatte bereits viel Blut verloren.

»Sie haben mich gefunden. Der ... der Kult ist zurück.« Der Verletzte hustete so stark, dass seine Schnurrhaare zitterten.

»Welcher Kult? Bitte, Kommissar, halten Sie durch! Wo ist Ihr Mensch hin?«

»Arbeit, immer ... ist er arbeiten.«

Der Kater hatte Mühe, seine Augen offen zu halten. Miez Marple rannte durch den Flur Richtung Haustür. Sie schrie, miaute und kratzte an der Tür. Irgendwer in diesem Haus musste sie doch hören.

»Lassen Sie das«, keuchte der Kommissar. »Schauen Sie ... hier.« Mit diesen Worten reckte sich der braune Kater zu einem Buch im Regal hoch.

»Das kann warten! Ich hole Hilfe!«, rief Miez Marple und kratzte weiter an der Tür, wobei sie etwas Blut von ihrer eigenen Verletzung auf das Holz schmierte. Nach einiger Zeit hörte sie Schritte auf dem Gang. Draußen sprachen ein paar Menschen miteinander, und Miez Marple miaute so herzzerreißend wie möglich, um diese einfältigen Zweibeiner auf sich aufmerksam zu machen. Kurz darauf entfernten sich die Schritte wieder, und Miez Marple hoffte, dass sie möglichst bald mit einer Axt oder etwas Ähnlichem die Tür aufbrechen würden. Sie ging zurück zum Bücherregal. Kommissar Schnurrkenfang lag zusammengerollt davor.

»Kommissar?«, sagte Miez Marple, doch ein Blick auf seinen Brustkorb genügte, um festzustellen, dass der alte Kater sein siebtes Leben ausgehaucht hatte. Die Katzendetektivin stieß einen Fluch aus und schlug gegen das Bücherregal – eine Tat, die sie sofort mit einer schmerzhaft pochenden Pfote bezahlte.

In dem Moment fiel ihr ein Buch auf, das im Regal etwas hervorstand. Ein paar blutige Tatzenabdrücke befanden sich darauf. *Der große Echsenatlas* lautete der Titel. Der Einband war grün und mit Schuppen verziert. Gerade wollte sie den Band aus dem Regal ziehen, als sie ein Geräusch vernahm. Hektische Schritte trampelten über den Hausflur, und kurz darauf wurde ein Schlüssel ins Schloss gesteckt. Miez Marple sah sich hektisch um – sie konnte unmöglich hierbleiben. Humpelnd lief sie Richtung Balkontür und sprang dann so elegant wie möglich über den Haufen aus Splittern und Nadeln. Kurz darauf hörte sie, wie sich die Tür öffnete und jemand einen gellenden Schrei ausstieß. Miez Marple befand sich bereits außer Sichtweite, sodass der Menschenmann sie nicht entdeckte. Sie seufzte, als sie sein Jammern und Schluchzen hörte, biss dann aber die Zähne zusammen und sprang auf die Balkonbrüstung. Eilig verließ sie den Tatort und blieb erst ein paar Blocks weiter schwer atmend in einer Seitengasse stehen. Nachdenklich betrachtete sie ihre Pfote und leckte sich vorsichtig die Wunde sauber. Der Schnitt war glücklicherweise weniger tief, als sie befürchtet hatte. Schnurrkenfang hatte versucht, ihr mit dem Buch etwas zu sagen, da war sie sich sicher. Doch erst einmal musste sie hier weg. Behutsam setzte sie ihre Pfote auf. Die Blutung hatte beinahe aufgehört, doch bei jedem Schritt durchzuckte sie ein stechender Schmerz. Miez Marple dachte an den Anfang der Woche und verfluchte ihr vergangenes Ich und dessen Wunsch nach mehr Aufregung.

ELF

Die Dämmerung setzte bereits ein, als Miez Marple hinkend die Vorstadtsiedlung erreichte. Obwohl Watson vermutlich noch immer bei der Villa von Mausenstein war, ging die Katzendetektivin in Richtung Bibliothek. Wenn dieser Echsenatlas von Schnurrkenfang irgendwo zu finden war, dann dort. Sie schlich durch den Garten der Bücherei. Mehrere Gartenzwerge standen in den Beeten und starrten die Katzendetektivin an. Diese zipfelmützigen Gestalten mit den rot bemalten Wangen lösten in ihr ein tief sitzendes Unbehagen aus. Im Vorbeigehen stieß sie einen von ihnen um. Durch die Klappe in der Gartentür gelangte sie in das Innere der Bücherei. Immer wieder sah sie nach oben, um sich von den Übersichtstafeln leiten zu lassen, gelangte von den Kinderbüchern zu den Biografien und schließlich zu den Fachbüchern, wo sie die Regale ansteuerte, die der Biologie gewidmet waren. Sie befanden sich direkt neben der geowissenschaftlichen Abteilung. Buchrücken um Buchrücken scannte die Katzendetektivin die Titel, bis sie neben *I'm Walking on Sandstein – Vom Sediment zum Baustoff. Die Geschichte des Sandsteins in Europa* auf genau den Band stieß, den sie zuvor bei Schnurrkenfang im Regal gesehen hatte. Er befand sich in mittlerer Höhe, sodass Miez Marple auf die fünfteilige Enzyklopädie über Kakteen (*Was steht draußen am Balkon? – Von Acanthocereus bis Zygokaktus*) steigen musste. Sie streckte sich und zog den Echsenatlas an seinem Leseband heraus, woraufhin er mit einem Knall auf den Linoleumboden fiel. Miez sprang hinterher und blätterte hastig durch die Seiten. Sie überflog die Geschichte der Echsen und die Systematiken der einzelnen Gattungen, bis sie schließlich bei den artspezifischen Anatomien fündig wurde. Sie schnurrte zufrieden. Auf einer illustrierten Doppelseite waren die Skelette der unterschiedlichen Arten abgebildet. Neben der Mauereidechse entdeckte sie die Abbildung einer Klaue, die sie in den letzten Tagen bereits aus nächster Nähe gesehen hatte. »*Iguanidae* (allg. Leguan)« stand unter der Abbildung. Miez Marple fiel es wortwörtlich wie Schuppen von den Augen. Leguan! Larry der Leguan! Sie ging zu einem der Computerarbeitsplätze und rief das Video von *Echstravaganza Live!* auf sowie das von Magret Scratchers Ansprache, auf dem Ethan von Mausensteins Wunde zu sehen war. Ihr Atem ging schneller. Hatte Felicity nicht gesagt, dass die Einschaltquoten der letzten Talkshow explodiert waren? Obwohl der Katzendetektivin beinahe die Augen zufielen, klickte sie sich durch den Kanal von *Echstravaganza Live!* und stellte fest, dass die Zugriffszahlen der letzten Shows einen deutlichen Abwärtstrend zu verzeichnen hatten. Das Video von Miez Marple hingegen war mit über 100 000 Views ein kleiner viraler Hit. Wie hatte sie davon ausgehen können, dass ihr Platscher ins Wasser der Auslöser für die Beliebtheit war? Schließlich ging es nicht um sie, sondern um das Verschwinden eines kleinen unschuldigen Kätzchens. In den Kommentaren fanden sich zwar viele gehässige Stimmen, die Witze auf Kosten der flauschigen Ermittlerin machten, aber mindestens genauso viele hatten einen anderen Tonfall:

»Hat jemand dieses arme Kätzchen mittlerweile gefunden?!!«

»Die Welt dreht völlig durch!! Ich werde meine Kleinen nicht mehr draußen spielen lassen!«

»UND GENAU DAS PASSIERT, WENN MAN INKOMPETENTEN GESTALTEN WIE KRALL MARX ZUHÖRT!!!!«

Miez Marple ging auf und ab. Larry war schon seit Ewigkeiten im Geschäft. Niemand wusste genau, wie alt er war – durch sein ständiges Häuten sah er immer aus wie frisch aus dem Ei geschlüpft. Leguane hatten laut dem Atlas eine Lebenserwartung von über zwanzig Jahren. Es war also gut möglich, dass er etwas mit der Mordserie von damals zu tun hatte. Grübelnd saß Miez Marple abwechselnd vor dem Bildschirm und dem Buch in der ansonsten finsteren Bibliothek. Sie war so versunken, dass sie ruckartig hochschnellte, als sie plötzlich ein Geräusch vernahm, eine Art Schaben und Kratzen. Warum ausgerechnet musste man sie immer hier heimsuchen? Sie horchte, aus welcher Richtung die Geräusche kamen, und schlich geduckt in Richtung Gartentür. Dann atmete sie erleichtert auf.

»Betti!«, rief die Katzendetektivin, als sie ihre gefiederte Freundin auf der Terrasse entdeckte. Die Taube kratzte mit einem Bein an der Scheibe und starrte die Katzendetektivin ausdruckslos an. Als Miez Marple nur noch wenige Zentimeter von der Glastür entfernt war, tauchte hinter Betti ein Schatten auf, der aus Richtung der Gartenzwerge auf die Taube zukam. Sie erkannte große, langgliedrige Klauen – *Iguanidae*. Miez Marple wollte schreien, doch kein Laut kam aus ihrer Kehle. Schon wurde die Taube von hinten gepackt und in die Dunkelheit gezerrt. Miez Marple schrie auf, dann fiel sie …

Sie brauchte einen Moment, um zu realisieren, wo sie war. Blinzelnd sah sie sich um. Sie stand vor dem Computerplatz, von dem sie offenbar heruntergefallen war. Noch bevor ihr Bewusstsein vollständig hochgefahren war, hatte sie sich instinktiv gedreht und war auf allen vieren gelandet. Nur das Kratzen war noch immer zu hören – dieser Fall nahm sie offenbar mehr mit, als sie gedacht hatte. Doch egal, wie lang Miez Marple sich putzte und schüttelte – das Geräusch aus ihrem Traum war ganz klar zu hören. Skeptisch ging sie in Richtung Terrassentür und machte große Augen, als dort draußen tatsächlich Betti stand und am Glas kratzte. Noch bevor sie etwas sagen konnte, zwängte sich die Taube durch die Katzenklappe.

»Liebe Miez, ich habe gehofft, dass du hier bist!«, gurrte die Taube. Als die Katzendetektivin sich nicht rührte, sagte sie: »Hallo? Du siehst aus, als wärst du einem Geist begegnet.«

Miez Marple blinzelte zweimal und ging dann auf Betti zu. »Entschuldige, ich bin etwas durch den Wind.«

»Das sehe ich, aber ich fürchte, du musst dich zusammenreißen und mitkommen. Ich habe da was entdeckt.«

Gemeinsam durchquerten sie die Siedlung und kamen wenige Minuten später im Vorgarten von Agathe Christiansen an.

»Sie waren kaum ansprechbar, und ich hatte gehofft, du schaffst es vielleicht.«

Betti führte Miez Marple in den Garten zu einem schmalen Beet neben der Terrasse. In einem leeren Blumenkübel lagen zusammengerollt und dicht aneinandergekuschelt drei kleine Kätzchen und schliefen – ein weißes, ein rötliches und ein blau-graues.

»Ich glaube, sie wollten zu dir, aber weil ihnen niemand Aufmerksamkeit geschenkt hat, sind sie irgendwann vor Erschöpfung eingeschlafen.«

Miez Marple seufzte und begann, der Reihe nach die kleinen Köpfchen und Pfoten anzustupsen, bis sich nach und nach die glänzenden Äuglein öffneten. Schnurrstus erwachte als Erstes.

»Miez Marple! Freunde, aufstehen! Miez Marple ist da!«

Bobcat Andrews und Peter Paw streckten sich und gähnten.

»Was zum verdammten Staubsaugerlärm macht ihr hier?!«, fragte die Katzendetektivin.

»Wir überbringen Mitleidung!«

»Eine Mitteilung«, korrigierte Bobcat.

»Wir haben Watson bei seiner Berschattung unterstützt. Er braucht dringend deine Hilfe, Miez Marple!«

Die Katzendetektivin stellte die Ohren auf. »Ihr wart bei der Villa von Mausenstein?«

»Ja, genau! Und wir haben Watson getroffen. Er ist ein so guter Detektiv. Er hat sich bei dem reichen Kater und der Echse eingeschlichen – die haben ihn einfach aufgenommen.«

»Er hat was?!«

»Na ja, also erst war er im Gebüsch, und dann hat ihn dort

wer gesehen, und dann meinten dieser Grüne Leguan und der Kater, er kann ja gleich mitkommen. Sie fanden das lustig.«

Miez Marples Herz schlug schneller. »Wann war das?! Seit wann döst ihr hier herum?«

Die drei Kätzchen sahen sich schuldbewusst an. »Also ... war noch ein kleines bisschen hell, glaube ich. Watson hat aber gesagt, wir sollen dir Bescheid sagen«, sagte Schnurrstus.

»Wohin haben sie Watson gebracht?!«

Schnurrstus räusperte sich und streckte die kleine Brust heraus. »Das«, sagte er und wirkte überaus stolz, »können wir dir zeigen!«

»Jaaa! Hermittlungen!!!«, schrien die anderen beiden Kätzchen und purzelten aufgeregt aus dem Topf.

»Nein, für euch gibt es keine Ermittlungen! Sagt mir einfach, wo ich ihn finden kann!«

»Nein, wir kommen mit!«, sagte Bobcat, »sonst sagen wir dir gar nichts!«

Hilflos suchte Miez Marple Bettis Blick, doch die Taube zuckte nur mit den angelegten Flügeln. Das Leben ihres Freundes lag jetzt wohl in den Pfoten dieser drei Nervensägen.

Die drei Pfoten führten Betti und Miez Marple durch die Straßen. Doch sie kamen nur langsam voran, weil die drei ständig über ihre eigenen Beinchen stolperten oder sich von einem schwankenden Grashalm oder einem weggeworfenen Joghurtbecher ablenken ließen.

»Es reicht, Schnurrstus, du sagst jetzt an, wo es langgeht!«, rief Miez Marple, hob das Kätzchen am Nackenfell hoch und trug es vor sich her. Das machte endlich auch Eindruck auf die anderen beiden, die nun so diszipliniert wie möglich vor Miez Marple hertrotteten. Die Kätzchen führten sie Richtung Norden, vorbei am Sommerfellviertel und bis zu der Kreuzung, an der Miez Marple und Watson bei ihrer letzten Beschattung Ethan von Mausenstein verloren hatten. Sie nahmen die Abzweigung auf der rechten Seite und passierten heruntergekommene Wohnblöcke und ein verlassenes Einkaufszentrum mit zerschmissenen Scheiben. Miez Marple spürte, dass sie beobachtet wurden. Im Gegensatz zum Stadtzentrum waren streunende Katzen und Hunde in dieser Gegend keine Seltenheit, und Miez wusste, dass hier, wo die Katzenpolizei kaum präsent war, andere Regeln galten. Bobcat Andrews und Peter Paw liefen nun ganz dicht neben der Katzendetektivin und sahen sich immer wieder ängstlich zu allen Seiten um.

»So gruselig war es beim letzten Mal aber nicht«, flüsterte Peter.

Bei diesen Worten ließ Miez Marple Schnurrstus auf den Parkplatz vor einem zugesperrten Hallenbad plumpsen. Sie fauchte die drei an.

»Was soll das heißen, beim letzten Mal?!«

»Na ja, wir haben konbimiert! So wie du! Diese Echse und der reiche Kater waren auch hier, als wir die Mutprobe gemacht haben.«

»Wovon redet ihr, was für eine Mutprobe?«

Schnurrstus putzte sich den Dreck aus dem Fell und sagte dann: »Eine Standardprodezur für neue Mitglieder bei den Pfoten! Detektive müssen mutig sein, und darum haben wir unser neues Mitglied getestet.«

»Ja, es sollte herausfinden, warum hier immer so viel Blut und Geschrei ist.«

»›Das Becken der tausend Gefahren‹ heißt der Fall«, sagte Bobcat.

»Stimmt gar nicht! Schnurrstus hat gesagt, wir sollen es ›Blutbad‹ nennen!«

Miez Marple stellte sich das Fell auf. Mit bebender Stimme fragte sie: »Wer war dieses neue Mitglied?«

»Na, Brösel! Ist doch die vollkommen logische Flussscholgerung!«

ZWÖLF

Miez Marple tobte, buckelte und fauchte. Sie jagte die drei Kätzchen über den Parkplatz, und es war nicht auszumachen, ob sie wirklich Angst vor ihr hatten oder ob es einfach nur ein weiteres Spiel für sie war. Erst Betti schaffte es, die Katzendetektivin zu beruhigen.

»Miez, du kannst dir deine Tirade für später aufheben. Wir müssen Watson finden, bevor ihm etwas zustößt.«

Augenblicklich hielt die Katzendetektivin inne. Mit finsterem Blick sah sie auf die drei Pfoten hinab.

»Wo ist Brösel? Wo muss ich hin?«

Schnurrstus, der hechelte wie ein Windhund, deutete auf das geschlossene Hallenbad und sah zu Boden. Von seinem Idol so angefaucht zu werden, traf ihn von den dreien offenbar am schwersten.

»In Ordnung«, sagte Miez Marple und wandte sich an Betti, »Du versteckst dich mit den dreien. Sollte ich in einer halben Stunde nicht wieder draußen sein, bringst du sie nach Hause und informierst Milky Way.«

Betti wollte widersprechen, doch das Funkeln in den Augen der Katzendetektivin ließ keinen Widerspruch zu.

Während Betti die drei Kätzchen hinter einen Altglascontainer scheuchte, machte sich Miez Marple auf in Richtung Schwimmbad. Dass die Menschen dieses Gebäude verfallen ließen, war ein äußerst intelligenter Akt, fand die Katzendetektivin. Niemand, der bei Verstand war, würde sich freiwillig in einen Raum voller Wasser begeben. Sie hüpfte durch ein zersprungenes Fenster und gelangte in den Eingangsbereich. Das Einzige, was hier halbwegs intakt schien, waren die beiden Drehkreuze, die frei in der Mitte des Raums standen wie zwei vergessene Spielgeräte für Menschenkinder. Die Wände waren mit Graffiti beschmiert. Ein typisches Verhalten der Zweibeinigen, das zu signalisieren schien, dass ein Ort verlassen, heruntergekommen oder moralisch verdorben war. Miez Marple schlich in Richtung Umkleidekabinen, und mit jedem Schritt nahm ein bestimmter Geruch in ihrer Nase zu. Eisen. Sie musste wieder an die Spuren auf dem Klosterfriedhof denken. Aus der Ferne drangen Stimmen, Schreie und Zischlaute an ihre Ohren. Hinter den Kabinen machte der Gang eine Biegung. Sie setzte einen Schritt nach vorne und zog sich blitzschnell wieder zurück. Eine stämmige Englische Bulldogge kam geradewegs auf sie zu. Sie hatte gepflegtes, seidig braunes Fell und ging wie eine Hündin, der man ihr Leben lang den Napf hinterhergetragen hatte. Was Miez Marple außerdem gesehen hatte, waren Stacheln, Schuppen und Klauen – das tödliche Gewand von Larry dem Leguan. Sie huschte in eine der Kabinen, deren Tür noch in den Angeln hing, und hüpfte auf die Sitzfläche im Inneren. Der Geruch nach Blut wurde stärker. Sie versuchte, ihren Atem anzuhalten.

»Dem einen hast du es ganz schön gezeigt, Larry«, sagte die Bulldogge und hechelte vergnügt.

»Hochinteressant, wie er sich dann in die Ecke verkrochen hat«, lachte Larry. Das hier war sein echtes Lachen – tiefer und niederträchtiger als in seiner Show.

»Moment mal«, sagte die Bulldogge und hielt mit einem Mal an, direkt neben der Kabine, in der Miez Marple saß. »Riechst du das?«

»Nein, hochinteressant! Was riechst du??«, fragte Larry.

»Katze«, sagte Larrys Begleitung. »Riecht verängstigt.«

Miez Marple fuhr ihre Klauen aus. Sie würde entweder angreifen oder weglaufen müssen.

»So haben sie hier noch alle gerochen«, sagte Larry und lachte wieder. »Komm, ich muss mich auf das nächste Blutvergießen vorbereiten.«

Ihre Schritte entfernten sich. Miez Marple wartete einige Augenblicke, und als sie die beiden weit genug entfernt wähnte, atmete sie erleichtert auf. Sie schnupperte und war mit einem Mal irritiert. Denn auch sie witterte, was die fiese Bulldogge beschrieben hatte – den unverkennbaren Geruch einer verängstigten Katze, dem Miez Marple so oft in ihrer Zeit als Katzendetektivin begegnet war. Allerdings war es nicht sie, die hier so roch. Vorsichtig sprang sie von der Sitzfläche auf den Fliesenboden, sah sich zu allen Seiten um und schlich in die Richtung, in der sie die Quelle vermutete. Ihre Nase führte sie durch die Umkleiden hindurch zu einem Gang. Von links hörte sie das Geschrei, das sie eben schon vernommen hatte. Die Duftspur führte sie jedoch nach rechts zu einer Tür oder dem, was davon übrig war. Ein kurzer Blick auf ein Metallschild verriet ihr, dass sich hier das Lager befand. Sie huschte hinein. An den Wänden standen Regale, in denen sich Motten über die Überreste von Handtüchern und Bademänteln hermachten. Weiter hinten entdeckte Miez Marple eine staubige Softeismaschine und mehrere Behälter mit Getränken. Sie tat einen Schritt nach vorne. Es knisterte. Als sie nach unten blickte, sah sie, dass der Boden von Plastik und anderen Abfällen übersät war. Aufgerissene Chipspackungen, Toastreste, zerbröselte Salzstangen. Der Geruch war nun so intensiv, dass es keinen Zweifel gab, dass sich hier eine Katze versteckte. In einer Ecke hörte Miez Marple ein Geräusch. Vorsichtig schlich sie näher.

»Watson?«, flüsterte sie.

Keine Antwort. Es raschelte erneut. In der Dunkelheit bewegte sich etwas.

»Ich bin es. Was machst du da? Bist du verletzt?«

Wieder gab es keine Reaktion. Sie ging ein paar weitere Schritte auf den Stapel mit den löchrigen Schwimmflügeln zu. In einem Rettungsring – eingerollt und zitternd – lag ein kleines Kätzchen. Sein Kopf war schwarz, der restliche Körper getigert. Es sah Miez Marple aus großen Augen heraus an.

»Brösel?«, fragte die Katzendetektivin, worauf das kleine Fellknäuel zu weinen anfing. Schnell legte ihm die Katzendetektivin eine Pfote auf den Mund.

»Alles wird gut, Brösel. Ich bin gekommen, um dich zu retten, aber du musst wirklich leise sein.«

Sie horchte, ob draußen etwas zu hören war, doch bis auf das anhaltende Geschrei, das in Wellen mal lauter und dann wieder leiser wurde, war nichts auszumachen. Das Kätzchen starrte die Katzendetektivin weiterhin nur mit panischem Blick an.

»Hör zu, die Lage ist mehr als ernst. Ich werde dich hier herausbringen, du musst mir versprechen, leise zu sein, kannst du das?«

Zaghaft öffnete Brösel den Mund. »B... Bist du Miss Marple?«

»MIEZ Marple, ja, die bin ich«, sagte die Katzendetektivin, die in jeder anderen Situation äußerst verärgert gewesen wäre, wenn sie jemand mit dieser albernen Frau aus den Menschenbüchern verwechselt hätte. Sofort änderte sich Brösels Stimmung. Das Kätzchen schnurrte, kam auf Miez Marple zu und kuschelte sich an ihre Beine.

»Ich wusste, dass du kommst!« Brösel schnurrte so laut, dass Miez Marple sich schon wieder besorgt umsah. Brösel musste tagelang hier verängstigt ausgeharrt haben, und sie wollte das Kätzchen natürlich nicht weiter verschrecken, aber hier bleiben konnte es auch nicht. Dennoch, sie musste jetzt unbedingt Watson finden.

»Ich bringe dich jetzt hier raus. Meine Freundin Betti ist draußen, sie wird auf dich achten.«

»Kann sie kämpfen?«, fragte Brösel.

»Natürlich kann sie das! Sie hat mir schon oft geholfen. Und jetzt komm, wir müssen leise sein.«

»Hochinteressant! Ich hoffe, du kannst auch kämpfen, Miez Marple.«

Die Katzendetektivin drehte sich erschrocken zur Tür. Ganz gelassen stand der schuppige Moderator im Türrahmen. Die lange Echsenzunge schnellte aus seinem Maul, und seine

Klauen fuhren über die Fliesen. Das Geräusch jagte Miez Marple einen Schauer über den Rücken.

»Larry! Sie müssen aus wirklich allem eine Show machen, nicht wahr?«

»Ach, Miez Marple«, der Leguan machte eine Pause und breitete seine beiden Klauenhände aus. »Wir spielen doch alle nur Theater, oder etwa nicht?«

»Wir sind hier nicht in Ihrer albernen Sendung. Sagen Sie mir einfach, was Sie mit Watson gemacht haben, und danach überlege ich mir, ob ich Ihnen Milky Way auf den schuppigen Hals hetze oder ob ich Sie eigenpfötig fertigmache.«

Larry lachte.

»Hochinteressant! Gleich zwei Reinfälle in kurzer Zeit. Würden Sie sagen, Sie lieben es, sich zugrunde zu richten? Ist da eine zerstörerische Kraft in Ihnen, Miez Marple?«

»Wenn Sie jetzt nicht aus dem Weg gehen, lasse ich Sie das herausfinden!«, fauchte die Katzendetektivin, während sich Brösel ängstlich an ihren Hinterbeinen festklammerte.

»Das wird leider nicht möglich sein«, sagte Larry, und hinter ihm tauchte wieder die Bulldogge auf.

»Ich hab's doch gesagt! Katze. Aber jetzt sind's schon zwei, die sich gleich ins Fell machen.«

Die Bulldogge und Larry lachten. Miez Marple bemerkte, wie Brösel zu zittern begann. Erst jetzt fielen der flauschigen Ermittlerin die roten Spritzer auf Larrys Klauen auf.

Sie führten Miez Marple und Brösel auf den Gang, durch die Duschräume und schließlich in die Halle, in deren Zentrum sich ein riesiges Loch befand. Einzig die beiden Sprungtürme auf der rechten Seite, die Startblöcke und Leitern deuteten darauf hin, dass sich hier einst Menschen dem zweifelhaften Vergnügen eines Bads hingegeben hatten. Um das leere Becken verteilt hockten überall Tiere. Hauptsächlich Hunde und Katzen, aber Miez Marple entdeckte auch einen prachtvollen Papageien sowie einige der Echsen, von denen sie glaubte, sie bei der Aufzeichnung der Talkshow gesehen zu haben. Niemand nahm Notiz von ihnen, als Larry und die Bulldogge sie an der Badeaufsichtskabine vorbei in Richtung Nichtschwimmerbereich führten. Erst hier konnte die Katzendetektivin erkennen, was die Menge so gebannt beobachtete. Der Anblick war grauenvoller als ein Becken voller Wasser: Der Boden war voller Fell, Federn und getrocknetem Blut. Zwei Kater befanden sich in der Mitte des Beckens. Der eine war eine hagere Gestalt mit eingefallenen Augen und löchrigem Fell, dessen Farbe unter einer Schmutzschicht verschwand. Er humpelte durch das Becken. Umkreist wurde er von einem zweiten Kater, dessen langes weißes Fell so gepflegt aussah wie zuletzt in seiner Villa. Über sein Gesicht verlief eine tiefe Wunde. Der dürre Kater schlug ungelenk nach Mausenstein, der dem Hieb mit einem leichten Hüpfer auswich. Die Menge schrie Anfeuerungsrufe in Richtung von Mausenstein. Dieser fixierte seinen Gegner, täuschte einen Angriff vor und streckte den hechelnden Kater mit einem gezielten Tatzenhieb nieder. Dann nagelte er ihn am Boden fest, bis der Kater winselnd liegen blieb. Die Menge jubelte.

»Ein Spektakel, nicht wahr?«, zischte Larry der Leguan Miez Marple ins Ohr. »Politisch werden wir uns niemals einig, aber kämpfen kann der Schnösel – da kommt was zusammen!

Ein echter Dialog!« Seine Zunge streifte dabei ihre Schnurrhaare. Unten kroch der Besiegte die Rampe hinauf, die in den Nichtschwimmerbereich führte. Dort lag in einer Ecke ein Haufen der wunderbarsten Köstlichkeiten: von Pasteten aus der Silbernen Pfote bis zu Snacks aus der neuesten Fressschalen-Kollektion. Der Kater kroch darauf zu, wurde dann aber von zwei Siamkatzen verscheucht.

»Keine Snacks für Verlierer!«, rief ein Kater, der so korpulent war, dass er bei jeder Silbe hechelte.

Miez Marple ging einen Schritt auf Larry zu.

»Was soll das alles? Sagen Sie mir endlich, was Sie von mir wollen!«

»Würden Sie sagen, Sie sind aufgebracht, Miez Marple? Würden Sie sagen, Sie verstehen die Welt nicht mehr?«

Gerade wollte Miez Marple etwas entgegnen, als jemand ihren Namen rief.

»Miez Marple! Seht her, welch hoher Besuch uns hier beehrt«, rief Ethan von Mausenstein aus dem Becken hinauf und leckte sich die Pfote. Das Publikum drehte geschlossen seine Hälse in Richtung der Katzendetektivin.

»Willkommen in unserer bescheidenen Runde, Miez Marple. Ich kann mich nicht erinnern, Sie eingeladen zu haben oder dass Sie den Vorausscheid auf dem Friedhof bestanden hätten.«

»Ich bleibe auch nicht lange. Bringen Sie mich einfach zu Watson, beantworten Sie mir ein paar Fragen, und ich werde ...«

Ethan von Mausenstein kicherte. »Gut, dass Sie Ihren Schnüfflerfreund erwähnen. Wir haben ihn auf meinem

Grundstück erwischt, wo er sich unerlaubterweise herumgetrieben hat. Dennoch war ich so großzügig, ihn zu dieser exklusiven Veranstaltung einzuladen. Da ist er ja auch schon!«

Mausenstein deutete nach oben, wo zwei kakaofarbene Pudel mit goldenen Halsbändern Watson an einer Leine an den Beckenrand zerrten. Sie öffneten das Geschirr und stießen Miez Marples Freund hinab. Der schwarze Kater landete auf allen vieren und sah sich gehetzt um.

Larry wandte sich an das Publikum. »Verehrte Gäste!«, rief er. »Wir unterbrechen das reguläre Programm für einen kleinen Schaukampf! Im Nichtschwimmerbereich haben wir unseren Herausforderer Kater Watson mit einem Kampfgewicht von ... Na ja, lassen wir das.«

Die Menge johlte über den Witz des Moderators.

»Im Schwimmerbereich, mit einer bisher ungeschlagenen Siegesquote, tritt der Kater an, der Ihnen dies alles ermöglicht: Bellen, Maunzen und kreischen Sie für unseren Gastgeber Ethan von Mausenstein!«

Der Lärm hallte von den kalten Wänden zurück. Watson wurde nun von den zwei Siamkatzen die Rampe hinuntergeschubst.

»Watson!«, rief Miez Marple und tat einen Schritt auf die abstruse Arena zu. Doch Larry hielt die Katzendetektivin mit einer seiner langen Klauen zurück.

»Kein Springen vom Beckenrand«, lachte er. »Lasst den Kampf beginnen!«

Watson hatte Miez Marple gehört und suchte ihren Blick in der Menge. Doch kaum trafen sich ihre Augen, wurde er von dem weißen Kater umgeworfen und auf den Rücken gedreht. Die Menge tobte. Miez Marple suchte hektisch nach einer Fluchtmöglichkeit. Unten hörte sie Krallen, die über den Boden kratzten, und das Fauchen der beiden Kämpfenden. Plötzlich sackte Miez Marples Magen ab. Wo war Brösel? Das Kätzchen, das sich eben noch an ihrem Hinterbein festgeklammert hatte, war verschwunden.

Larry kommentierte unterdessen das Geschehen weiter.

»Hochinteressant, wie sich die beiden umkreisen! Ein Tanz des Todes, möchte man meinen!«

»Brösel?!«, schrie Miez Marple.

»Ja, er soll Brösel aus ihm machen!«, kläffte ein Dackel.

Mausenstein sah konzentriert aus. Immer wieder versuchte er, an Watson heranzukommen. Der flinke Kater wich jedem einzelnen Hieb aus, doch es war nur eine Frage der Zeit, bis Mausenstein einen Treffer landen würde. Watson musste zum Angriff übergehen. Aus dem Augenwinkel nahm Miez Marple eine Bewegung war. Sie drehte ihren Kopf und erblickte den Sprungturm, an dessen Leiter sich ein kleines Fellknäuel nach oben zog. Die Katzendetektivin sprang auf und rannte los, wurde jedoch augenblicklich umgeworfen.

»Nicht so schnell, Miez Marple«, zischte Larry, und es war das erste Mal, seit sie den Moderator gehört hatte, dass jedes noch so fröhliche Showgehabe von ihm abfiel.

»Sie haben Ihre Schnurrhaare in Angelegenheiten gesteckt, die Sie nichts angehen. Sie bleiben gefälligst sitzen. Da können Sie lernen, dass Ihr Handeln Konsequenzen hat!«

Miez Marple fauchte und stieß den Leguan mit ihren Vorderpfoten zur Seite. Blitzschnell versuchte das Reptil, sie zu schnappen. Die Katzendetektivin entging den tödlichen

Klauen nur knapp, setzte zum Sprung an, segelte über die Rückenstacheln und landete auf der anderen Seite des Moderators. Ohne weiter nachzudenken, stieß sie Larry in Richtung Beckenrand. Der Schwung war so heftig, dass der schuppige Moderator nach hinten über die Kante fiel. Miez Marple wollte abbremsen, doch in dem Moment schubste sie jemand von hinten, und sie stürzte ebenfalls in die Tiefe. Sie landete auf allen vier Pfoten, während Larry wie ein nasser Sack hinabgeplumpst war. Sein Panzer war jedoch so robust, dass er keinen Kratzer abbekommen hatte.

»Vortreffliches Timing«, sagte Watson und lief in ihre Richtung.

»Watson, was ist hier los?«, fragte Miez Marple.

»Tatzington hat mich im Garten entdeckt und sogleich Larry und Mausenstein davon in Kenntnis gesetzt. Wie ist es dir gelungen, mich zu finden?«

»Das kann ich dir später erzählen, falls wir hier jemals mit heilem Fell herauskommen. Und dann müssen wir dringend üben, wie man sich auf die Lauer legt.«

Unterdessen hatte Brösel bereits die oberen Sprossen des Sprungturms erreicht.

»Ein Team-Match also! Hochinteressant!«, rief Larry, der nun langsam mit Ethan von Mausenstein auf die Katzendetektivin und Watson zuging. Das Publikum am Beckenrand war kaum zu halten.

»Es ist eine Schande«, seufzte Mausenstein. »Immer wenn man der Gemeinschaft etwas zurückgeben will, kommen die, die von Neid zerfressen sind, und müssen es von der Tischkante stoßen.«

Miez Marple und Watson wurden rückwärts in Richtung der Startblöcke gedrängt. Bei einem schnellen Blick über die Schulter sah Miez Marple, wie eine der Siamkatzen den Sprungturm hinaufkletterte.

»Das müssen Sie mir erklären, Mausenstein!« Miez Marple bemühte sich, eine aufrechte Haltung einzunehmen. »Inwiefern dient dieses Streunerverprügeln der Gemeinschaft?«

Mausenstein deutete mit einer Pfote auf das tobende Publikum.

»Alle kennen die Regeln! Wer einen Kampf gewinnt, darf sich etwas vom großen Haufen aussuchen.«

»Warum so umständlich? Könnten Sie sich nicht einfach auf die Straße stellen und Snacks verteilen, anstatt sich auf Friedhöfen oder an heruntergekommenen Orten wie diesem herumzutreiben?«

Mausenstein sah Miez Marple an, als hätte sie gefragt, was an Wollknäueln so besonders sei.

»Und dann? Sollen einfach alle faul herumliegen und sich die Sonne auf den Bauchpelz scheinen lassen? Wer nicht für sich kämpft, verdient kein Futter, ganz einfach!«

»Hört auf, euch die Zunge glatt zu reden, und fangt endlich an! Ich bin als Nächste dran!«, schrie jemand aus der Menge.

»Ihr habt es gehört! Lasst uns mit der Show beginnen!«, rief Larry und kam auf die beiden zugeschnellt. Watson und Miez Marple wichen in unterschiedliche Richtungen aus. Gleich darauf wurde die Katzendetektivin zu Boden gerissen. Ethan von Mausenstein grub seine Krallen in ihr Fell und presste sie mit beeindruckender Kraft auf den Boden. Miez Marple wich einem Schlag aus, nahm dann alle Kraft zusammen und stieß den weißen Kater von sich. Sie rannte davon, schlug einen Haken und ging wieder zum Angriff über. Etwas Archaisches übernahm die Kontrolle über sie, jegliche Logik war bald vollständig aus ihrem Kopf verschwunden. Die Katzendetektivin wich aus, wirbelte herum und schlug nach ihren Feinden. Das Schwimmbad verschwand, bis es nur noch Tatzen, Klauen, Zähne und Schuppen gab. Doch egal, wie sehr sie ausholte und zubiss: Mausenstein war ihr körperlich überlegen. Hinzu kam die Verletzung, die sie sich in Schnurrkenfangs Wohnung zugezogen hatte und die für sie einen deutlichen Nachteil bedeutete. Links neben ihr rannte Watson vor den Klauen des Leguans davon. Dessen Panzer war zu dick, um auch nur einen ernsthaften Treffer zu landen. Miez Marples Lungen brannten, sie hechelte, und es gelang ihr nur noch knapp, Mausensteins Schlägen und Bissen auszuweichen. Da traf sie der reiche Kater mit voller Breitseite und drückte sie gegen die Wand. Die Menge schrie. Doch irgendetwas war anders. Das war keine Begeisterung. Auch Mausenstein, der mit ausgefahrenen Krallen über Miez Marples Gesicht hockte, hielt inne und sah sich um.

»Polizei!«, schrie jemand, und Panik machte sich breit. Die Tiere rannten davon, einige fielen in das Becken, andere stürmten los, um den Haufen aus Leckerlis zu plündern. Durch die Türen der Umkleiden strömten Katzen und Kater mit kleinen Polizeimützen auf dem Kopf.

»Sie widerliche Verräterin!«, fauchte Mausenstein und wollte gerade zu einem vernichtenden Streich ausholen, als ihn etwas heftig in den Rücken traf. Er jaulte vor Schmerz auf, und Miez Marple nutzte die Gelegenheit, um sich unter Mausenstein hervorzuwinden.

»Brösel!«, rief sie überrascht und sah nach oben.

»Echte Detektive halten zusammen!«, grinste das Kätzchen. Im Hintergrund hörten sie, wie Kommissar Milky Way Befehle in alle Richtungen brüllte.

DREIZEHN

Als Miez Marple und Watson die Streunersiedlung endlich erreichten, war das Geschnurre groß. Brösel saß auf dem Rücken der Katzendetektivin und klammerte sich dort mit letzter Kraft fest. Milky Way und die drei Pfoten folgten ihnen. Von allen Seiten strömten Katzen und Kater aus den Büschen und jubelten ihnen zu. Die Festnahmen im Schwimmbad hatten einige Zeit in Anspruch genommen. Der größte Teil des Publikums war zwar geflohen, aber sowohl Ethan von Mausenstein als auch Larry der Leguan sowie einige Beteiligte des illegalen Fight Clubs konnten in Gewahrsam genommen werden. Betti war vorausgeflogen, um Pluto und Venetia von Brösels Rettung zu berichten. Etwas ungläubig tapsten die beiden auf Miez Marple zu, legten die Köpfe schief und sahen prüfend auf das kleine flauschige Wesen auf dem Rücken der Ermittlerin. Venetia kam ganz vorsichtig heran und stieß das Kätzchen sachte mit dem Kopf an.

»Mami?«, fragte es schläfrig und ließ sich von seiner Mutter am Nacken herunterheben. Venetia schluchzte und putzte ihr Kätzchen mit großer Hingabe.

»Ich habe Sie unterschätzt«, sagte Pluto und verbeugte sich

vor der Katzendetektivin. »Danke, dass Sie mir mein Kätzchen zurückgebracht haben!«

Miez Marple blinzelte dem Kater müde zu, winkte mit einer Pfote ab und sagte: »Ich habe nur meine Arbeit gemacht. Es tut mir leid, dass ich nicht gleich reagiert habe.«

»Wenn sich wer entschuldigen muss, bin ich das«, rief Venetia. »Danke, danke, danke! Du hast mein Baby gerettet, Miez Marple, das vergesse ich dir nie!«

Venetia sprang auf Miez Marple zu und schleckte ihr den Kopf inklusive Ohren ab. Gleich darauf brandete um sie herum ein Jubelsturm auf, der die Katzendetektivin vollends verstummen ließ. Von allen Seiten wurden Leckerlis herangetragen. Streunerinnen schoben Kartons mit raschelndem Papier als festliche Dekoration auf die Wiese. Nach einiger Zeit gingen die Dankesreden und das Begeisterungsmiauen in eine ausgelassene Feierei über. Es wurde gesungen, getanzt und gelacht. In einem günstigen Moment zog sich Miez Marple aus dem Trubel zurück und setzte sich etwas abseits auf einen Baumstumpf. Schweigend betrachtete sie die feiernden Katzen und Kater, die hier ein so bescheidenes Leben fristeten. Sie dachte an das Futter, das Agathe ihr zu Hause bereits in den Napf gefüllt haben musste, und sah Schnurrstus, Peter und Bobcat zu, die ihr neues Mitglied Brösel begrüßten und aufgeregt zu den Ereignissen im Schwimmbad befragten. Die Stimmung war wie eine flauschige Decke, die unter zartem Schnurren sanft getretelt wurde.

»Genau so sollten Katzen leben: frei und spielend und zufrieden«, sagte eine Stimme neben Miez Marple. »Kleine Siege stärken die Gemeinschaft. Ich danke Ihnen dafür!«

Als die Katzendetektivin sich zur Seite drehte, sah sie in die kupferfarbenen Augen von Krall Marx.

»Ein *kleiner* Sieg?«, fragte Miez Marple etwas empört.

»Entschuldigen Sie, ich wollte Ihren Triumph nicht schmälern.«

»Sie denken an die Wahl, vermute ich?«, fragte Miez Marple.

Krall Marx schnaubte verächtlich: »Die Wahl. Ich glaube nicht an Wahlen. Aktuell ist es aber das einzige Mittel, das wir haben, um die Schreckensherrschaft von Magret Scratcher zu beenden.«

Miez Marple schwieg kurz, dann sagte sie: »Ich muss schon sagen, ich würde mir mit ihr keinen Napf teilen, aber ›Schreckensherrschaft‹? Ist das nicht etwas zu dramatisch?«

Krall Marx richtete nun seinerseits den Blick nach vorn auf die feiernden Katzen und Kater.

»Solche Feste gab es in der Stadt früher häufiger. In allen Vierteln existierten Gemeinschaften wie diese. Kleine Familienverbunde, aber auch Populationen von Hunderten von Tieren. Doch mit Scratcher sind nach und nach alle davon verschwunden.«

Miez Marple kratzte sich mit der Hinterpfote am Ohr. »Aber hatte die Auflösung der Streunerkolonien nicht etwas mit den Menschen zu tun?«

»Ich halte wirklich nicht viel von Menschen«, sagte Krall Marx und schnaubte. »Und sie waren zwar beteiligt, aber die Zerschlagung der Streunergemeinschaften folgte ganz klar dem Kalkül von Scratcher. Es gibt sogar Beweise, dass sie Störer engagiert hat, um Unfrieden zu stiften: Kopfhörer klauen, Kinder erschrecken – das Übliche. Irgendwann haben die Menschen die Kolonien aufgelöst. Und dann war da noch die Sache mit den Morden.«

Die Katzendetektivin stellte die Ohren auf. »Was wissen Sie darüber?«

»Nicht viel, ich war selbst noch ein kleines Kätzchen. Aber diese schrecklichen Verbrechen waren der Grund, dass sich viele der verbliebenen Gemeinschaften auflösten oder ins Umland zogen.«

Miez Marple seufzte. Mit dem Tod von Schnurrkenfang schien also der letzte Kater, der etwas Substanzielles zu der Mordserie hätte sagen können, verstummt zu sein. Von seinem grau-blauen Mörder fehlte jede Spur. Ärgerlicherweise ließ sich auch der Tatort nicht mehr untersuchen. Der Mensch, bei dem Schnurrkenfang gelebt hatte, ein alter Mann, der Post austrug, verließ seit dem Tod des Katers die Wohnung nicht mehr. Er hatte laut Polizeibericht alle Beweise bereits entsorgt. Angeblich saß er den ganzen Tag mit traurigen Augen in seinem Wohnzimmer und starrte an die Decke. Auch wenn Menschen gemeinhin wenig von der Welt verstanden, schienen einige von ihnen zu spüren, wenn etwas im Argen lag.

»Tut mir leid, dass ich Ihnen keine große Hilfe bin«, unterbrach Krall Marx das Schweigen der Katzendetektivin.

»Ach was«, sagte Miez Marple. »Sie haben ja auch gerade andere Sorgen. Glauben Sie, dass Sie eine Chance haben?«

Der Politiker kaute an einer seiner langen Krallen, die ihm seinen Namen eingebracht hatten.

»Jahrelang habe ich versucht, Katzen und andere Tiere dieser Stadt zu vereinen. Doch die meisten verlieren völlig den Bezug zur Realität. Wer sich nie um Futter kümmern oder zusehen muss, einen warmen Platz zum Schlafen zu finden, der wird blind.« Er blickte hinüber zu den tobenden Streunern im Park. »Das hier ist mein letzter Versuch. Danach bleibt mir nichts anderes mehr übrig, als mich vor ein Tierheim zu setzen und so lange zu miauen, bis sie mich reinlassen.«

Neben ihnen knackte es im Gebüsch, und Buster kam auf Miez Marple und Krall Marx zu.

»Sorry für die Störung, Krall, aber Freya will mit dir reden. Es geht um die letzten Umfrageergebnisse.«

Der weiße Kater nickte.

»Die Heldin des Tages«, sagte Buster in demselben spöttischen Tonfall, den Miez schon von ihm kannte, und wandte sich an die Katzendetektivin. »Mir ist tatsächlich noch was eingefallen!«

»Ja?« Miez Marple stellte die Ohren auf.

»Keine Ahnung, ob es dich interessiert, aber es geht um Twilights Decke.«

»Was für eine Decke?«

»Na ja, ein paar Tage, bevor man sie kaltgemacht hat, ist ihre Kuscheldecke verschwunden. Twilight hatte sie sich vor Jahren aus einem Kinderwagen, ähm, ausgeliehen.«

»Das mit den Diebstählen nimmt dramatische Ausmaße an. Mir hat man meinen liebsten Tennisball gestohlen«, sagte Krall Marx. »Nicht, dass ich auf persönlichem Eigentum beharre, aber solange es keine Kiste mit vergesellschafteten Spielzeugen gibt, finde ich es doch etwas schade.«

»Na ja, ich wollt's nur erwähnt haben. Wahrscheinlich nicht so wichtig«, sagte Buster und wandte sich zum Gehen. Miez Marple hatte die ganze Zeit gedankenverloren auf den kleinen Schnurrstus gestarrt, der unter einer Tanne mit den Zweigen spielte.

»Will dich nicht davon abhalten, Löcher in die Bäume zu glotzen.«

Da zuckte plötzlich Miez Marples rechtes Ohr.

»Bäume!«, rief sie schließlich und ließ ihren Schwanz aufgeregt hin und her peitschen.

»Was?« Buster und Krall Marx sahen verwirrt aus.

»Weihnachtsbäume! Du hast doch gesagt, vor Twilights Tod hat sich hier ein hochnäsiger blau-grauer Kater herumgetrieben, der geschaut hat, als würde er unterm Weihnachtsbaum sitzen, oder?«

»Ja, genau. Ziemlich aufgeblasenes Gehabe.«

»Und wann ist Ihr Ball verschwunden, Krall?«

Der weiße Kater überlegte. »Das muss auch kurz vor dieser schrecklichen Tat passiert sein.«

Miez Marple war in heller Aufregung.

»Buster, kannst du dich zufällig an seine Augenfarbe erinnern? Waren sie …«

Buster verzog das Gesicht, und noch bevor Miez Marple eine schnippische Bemerkung machen konnte, wurde ihr klar, dass er nachdachte und sie nicht veralbern wollte.

»Ich glaub, sie waren orange«, sagte Buster. »Könnten auch etwas rötlicher gewesen sein, ich hab nur kurz hingesehen.«

»Danke, Buster«, miaute die Katzendetektivin aufgeregt. »Wir sehen uns!«

Mit diesen Worten rannte sie los und ließ die zwei verdutzten Streuner allein zurück. Sie schlängelte sich durch die ausgelassenen Katzengrüppchen hindurch. Kaum war die Polizei verschwunden, tauchten hier und da kleine Haufen Katzengras und auch härteres Zeug wie Katzenminze oder Baldrian auf. Der süße Duft umwehte die Schnurrhaare der Ermittlerin. Raschen Schritts passierte sie die ekstatisch maunzenden Gestalten und ignorierte sie – hauptsächlich aus persönlichen Gründen. Endlich fand sie Watson wieder, der heilfroh war, als sie ihn aus dem purzelnden Knäuel der vier Pfoten befreite. Als sie sich etwas abseits eine ruhigere Stelle gesucht hatten, begann Miez Marple auf ihren Freund einzureden.

»Watson, ich glaube, ich hab's!«

»Welche Eingebung hat dich ereilt, liebe Miez?«

»Alle Katzen sind grau!«

»Da möchte ich aber differenzieren! Nur weil wir das Schwimmbad in der Nacht ...«

Miez Marple miaute protestierend und schüttelte den Kopf. Dann begann sie hektisch hin und her zu tigern.

»Ich meine: graue Katzen! Buster hat mir erzählt, dass sich hier vor Twilights Tod ein grauer Kater herumgetrieben hat. Dann war da Felicity Fellball. Ihre Stoffmaus wurde von einem grauen Kater gestohlen, und der Mörder von Schnurrkenfang war ebenfalls grau! Blau-grau, um genau zu sein!«

»Aber Miez, selbst bei blau-grauen Katzen gibt es Unterschiede! Russisch Blau, Britisch Kurzhaar, Britisch Langhaar, Cornish Rex ...«

»Aber die Augen, Watson! Buster hat gesagt, dass der Kater orange Augen hatte – genau wie der Mörder von Schnurrkenfang! Felicity hat zwar keine Augen beschrieben, aber ich wette mit dir, dass auch der Kater, der ihre Maus entwendet hat, die gleiche Augenfarbe hatte. Weißt du, was das bedeutet, mein Lieber?«

Die Detektivin stoppte und sah Watson an.

»Es könnten Britisch Kurzhaar sein, oder«, seine Stimme ging in ein Flüstern über, »Kartäuser!«

»Genau! Blau-graues Fell und orange bis bernsteinfarbene Augen sind typisch für Kartäuser. Und wo haben wir im Rahmen unserer Ermittlungen Kartäuser gesehen?«

»In Mausensteins Villa!«

Miez Marple setzte sich, dachte nach und sah ihren Freund nun etwas hilflos an.

»Aber glaubst du, er hat einen von seinen Bediensteten dazu angestiftet? Tatzington? Wie soll Mausenstein von Stoffmäusen profitieren? Warum sollte er einen Kommissar töten wollen?«

»Das, liebe Miez, kann ich vielleicht beantworten«, sagte Watson mit leichtem Stolz in der Stimme.

»Spuck's schon aus!«

»Du erinnerst dich an meine Recherchen, über die du in der Bibliothek gestolpert bist?«

Die Katzendetektivin nickte.

»Ich habe mir die Diebstähle in der Stadt angesehen und machte bei meinen Studien einige interessante Beobachtungen. Es sind neben persönlichen Gegenständen auch andere Artefakte gestohlen worden.«

»Artefakte?«

»Ja. Versteinerte Pfotenabdrücke, zerfetzte Bücher mit seltsamen Schriftzeichen, die aus einer Sprache stammen, die ich noch nie zuvor gesehen habe.«

»Aber was hat das mit dem Fall zu tun, Watson?«, jaulte die Katzendetektivin ungeduldig.

»Ich muss gestehen, ich hatte keine Zeit, meine Nachforschungen zu intensivieren. Aber immer, wenn ich versucht habe, die Spur eines Gegenstands zu verfolgen, verlor sie sich an derselben Stelle. Ich glaube, ich weiß, wo wir unter Umständen auf die Antwort auf diese Frage stoßen könnten.«

»Ich glaube, du hast dich noch nie so ungenau ausgedrückt, mein Lieber!«

»Es gibt für alles ein erstes Mal, nicht wahr? Oder hast du einen besseren Vorschlag?«

»Worauf wartest du noch? Lauf los!«, rief die Katzendetektivin. Watson setzte sich in Bewegung, und Miez Marple folgte ihm in die nächtlichen Gassen.

VIERZEHN

Watson sprintete voraus. Erst am Rande der Innenstadt, als Miez Marple nur noch schwer Luft bekam, verlangsamte er sein Tempo.

»Wie schaffst du es nur, so gut in Form zu bleiben? Liegst du nicht den halben Tag in der Bibliothek herum und lässt dir den Bauch kraulen?«, fragte die Katzendetektivin ihren Freund. Der kleine Kater blieb stehen und schleckte sich bemüht unbeeindruckt die Pfote.

»Die allumfassende Grausamkeit der Welt schuf meine stets fluchtbereite Physis, liebe Miez.«

»Ach, so ein Blödsinn. Ich habe genau gesehen, wie du am Kratzbaum deine täglichen Übungen gemacht hast.«

Watson lächelte und schnurrte. »Dann kennst du die Antwort ja ohnehin.«

Das Geschäft, vor dem sie nun hielten, befand sich in einer Seitengasse. Eingequetscht zwischen zwei leer stehenden Wohnhäusern, die aus der Gründungszeit der Stadt stammen mussten, stand es so schief da wie eine Katze nach einer Narkose. Es war deutlich älter als die Restaurants in der Altstadt – nur hatte sich niemand jemals die Mühe gemacht, einen einzigen Holzbalken zu renovieren. Die Schaufenster waren so schmutzig, dass man kaum ins Innere sehen konnte.

»In dieser Bruchbude sollen unsere Antworten liegen, Watson?«

Durch die dicke Rußschicht über dem Eingang schimmerten einige goldene Lettern hervor: *Antiquariat Murr.* Miez Marple riss ungläubig ihre Augen auf.

»Ist das etwa das, wofür ich es halte?!«

»Ich hoffe es zumindest«, sagte ihr Freund und sah auf den Eingang.

»Beim heiligen Fressnapf – die Archive von Murr! Dieser Ort ist eine Legende!«

»Ich hatte mir längst vorgenommen, seine Existenz zu prüfen. Aber dann ist eine gute Freundin von mir in einen Teich gefallen und ...«

»Watson! Bitte erspar mir das, wir haben einen Fall zu lösen!«

Der Kater schnurrte besänftigend, und nacheinander betraten sie das Geschäft durch die wurmstichige Katzenklappe.

Im Ladeninneren war es finster. Die Luft roch nach ranziger Holzpolitur, aufgequollenem Papier und Mottenkugeln. Ringsherum an den Wänden standen eingestaubte Regale. In einigen waren die seltsamsten Gerätschaften aufgereiht, in anderen befanden sich Glasbehälter mit undefinierbarem Inhalt. Aber der größte Anteil der Regale war vollgestopft mit Büchern, die nebeneinander, übereinander und oft in mehreren Reihen hintereinanderstanden. Die Archive von Murr galten in der Katzenwelt als eines der größten Mysterien. Der Sage nach lagerte hier das Wissen von über hundert Generationen felinen Lebens. Angeblich wurden hier Dokumente aufbewahrt, in denen der Eingang zu Ulthar, der legendären Katzenstadt, verzeichnet war. Es gab wilde Gerüchte über Karten, mit denen die magischen Stiefel des gestiefelten Katers zu finden seien. Darüber hinaus befanden sich in den Archiven von Murr angeblich Zaubersprüche, die verschlossene Türen öffnen und Wasser in Milch verwandeln konnten. Vieles davon, da war sich Miez Marple sicher, ging auf Träumereien und Wunschdenken zurück. Sie war schließlich Logikerin. Aber sie wusste auch, dass alle Sagen einen wahren Kern hatten.

»Das ist unglaublich«, flüsterte die Katzendetektivin Watson zu.

»In der Tat. Ich muss sagen, ich habe es selbst nicht glauben wollen, bis ich eben mit dir vor der Tür stand.«

Hinter einem Stapel zusammengerollter Poster raschelte etwas. Miez Marple und Watson drehten sich um.

»Hallo?«, fragte die Ermittlerin. Eine Weile lang herrschte Stille, dann kroch aus der Ecke eine Gestalt hervor. Die Bewegungen des Katers waren langsam und bedächtig. Die linke Hälfte seines Fells hatte die Farbe alten Pergaments, die rechte war tiefschwarz. Er sah Miez Marple und Watson aus eingefallenen Augenhöhlen neugierig an.

»Besuch, hihi, soso, er bekommt Besuch!« Seine Stimme klang kratzig und seltsam vergnügt.

»Sie sind also der ...«, begann Miez Marple, doch brach dann ab. Sie hatte schließlich keine Ahnung, wer dieser Kater überhaupt war. Vermutlich ein Streuner, der hier Unterschlupf gefunden hatte. Dann setzte sie vorsichtig nach: »Verzeihen Sie, wer sind Sie?«

»Hihi«, gluckste der Kater. »Keine Ursache. Nostradamiaus vergisst auch manchmal, wer er ist. Willkommen in den Archiven von Murr. Wie kann er euch helfen?«

Erst im Näherkommen erkannte die Katzendetektivin das immense Alter des Katers. Seine Muskulatur hielt ihn nur wackelig auf den dürren Beinchen, und sein Rücken krümmte sich bedenklich. Er musste über dreißig Jahre alt sein.

»Wir suchen Informationen. In der Stadt sind einige Artefakte gestohlen worden, und wir glauben, dass eine Gruppe Kartäuser dahintersteckt. Wissen Sie zufällig etwas darüber?«

»Hihi, sie will etwas über die Chartreux erfahren. Es ist nur gerecht. Schließlich wissen sie auch alles über Miez Marple, hihi.«

Der Puls der Katzendetektivin beschleunigte sich.

»Wer sind die Chartreux? Und woher wissen Sie, wer ich bin?«

Der Alte, der von sich als Nostradamiaus gesprochen hatte, kicherte erneut. Miez Marples Ohren klappten zur Seite. Dieser Fall spielte mit ihrer Geduld, als sei sie eine Maus. Der alte Kater ließ sich mühsam auf seine Hinterpfoten sinken und sagte dann:

»Die Chartreux sind alt, oh ja, sehr alt sogar. Älter als der gute Nostradamiaus, hihi. Noch bevor die Menschen anfingen, Pferde durch Autos zu ersetzen, gab es eine Zeit, in der wir Katzen ganz und gar nicht bei den Zweibeinern willkommen waren.«

»Sie meinen im Mittelalter?«

»Wir haben den Menschen Angst gemacht, hihi. Schwarzer Kater von rechts, Hexentier von links, Satanstier von ganz weit unten. Ungemütlich war es damals. Aber als sie erkannten, dass Ratten und Mäuse die Pest verbreiteten, da waren wir auf einmal wieder höchst beliebt, hihi.«

Miez Marple rollte mit den Augen. »Bitte, ich habe nicht die Zeit für eine ganze Geschichtsstunde!«

»Die Jugend und ihre Ungeduld, hihi. Die Chartreux waren die Ersten, die sich nach den düsteren Zeiten an die Menschen wandten. Sie wurden reich entlohnt dafür. Für sie war es der Weg, dem alle Katzen folgen sollten. Einige von ihnen gingen so weit, dass sie alle, die sich nicht den Menschen zuwandten, als Verräter brandmarkten. Auch heute, da man sie Kartäuser nennt, soll es Gruppen geben, die diesen alten Idealen geradezu fanatisch nacheifern.«

Watson miaute.

»Ein Kult! Das ist es!« Miez Marple drehte sich aufgeregt zu Watson. »Deshalb die Morde an den Straßenkatzen! Aber die Spuren, die wir gefunden haben ... Glaubst du, Larry hat für diesen Kartäuser-Kult gearbeitet?«

»Der Verschlinger der Chartreux!«, rief Nostradamiaus. »Einen Dämon haben sie beschworen. Eine Bestie mit Schuppen und Klauen.«

»Oh, das klingt für mich eindeutig nach Larry«, sagte Miez Marple.

»Sie schicken sie aus, um die Straßen von den Verrätern zu säubern«, fuhr Nostradamiaus fort. Sein belustigter Tonfall brachte Miez Marple dazu, nervös am Boden zu kratzen.

Watson schaltete sich ein: »Kommissar Milky Way leitet aktuell die Verhöre von Ethan von Mausenstein und Larry dem Leguan. Das wird eine beträchtliche Zeit in Anspruch nehmen – das weiß ich aus eigener Erfahrung. So lange können wir nicht mit Sicherheit sagen, ob er etwas mit den Morden zu tun hatte. Wir sollten uns also auf die Diebstähle konzentrieren.«

Miez Marple wandte sich wieder an Nostradamiaus.

»Haben die Chartreux damals etwas gestohlen? Kulte verwenden doch auch immer bestimmte Gegenstände bei ihren Riten, oder nicht?«

»Die Chartreux? Hihi, nein. Die mussten nicht stehlen. Sie sind schließlich keine Tauben!«

Nostradamiaus Mine verfinsterte sich.

»Tauben? Sie meinen vielleicht Elstern?«, fragte Miez Marple.

»Nostradamiaus ist zwar alt, aber nicht blind! Es war eine Taube!«

»Was für eine Taube?« Miez Marple sah zu Watson, der ebenfalls einen ratlosen Gesichtsausdruck machte.

»Eine Taube kam hierher. Sie wollte etwas über das Ritual des Zehnten Lebens erfahren. Doch das ist verbotenes Wissen! Außerdem ist es nur für Katzen bestimmt. Da hat sie angefangen, vom Schicksal zu sprechen, als hätte sie zu lange in Delphi gesessen. Und dann hat sie die geheime Spruchrolle einfach genommen! Dreistes Federvieh!«

Miez Marple sprach jetzt langsam.

»Was ist das Ritual des Zehnten Lebens?«, fragte sie, ahnend, was die Antwort sein würde.

»Eine Beschwörung, ein Zauber. Er bringt jene zurück, die ihr neuntes Leben ausgehaucht haben. Ein mächtiger Zauber!«

»Nekromatie?!«, Miez Marple sah Watson an, »welche

Taube kennen wir, die sich nichts sehnlicher wünscht, als jemanden zum Leben zu erwecken?«

Watson verstand. »Danke, Nostradamiaus! Sie haben uns sehr weitergeholfen!«

»Er hofft, sie helfen ihm auch, die Spruchrolle zurückzubekommen«, murrte er und sah ihnen wachsam nach, als verdächtige er auch sie des Diebstahls.

»Darauf kann er wetten«, sagte Miez Marple und verschwand mit Watson an ihren Hinterpfoten aus dem Antiquariat. Die flauschige Ermittlerin tobte vor Wut. Sie hatte ein Täubchen zu rupfen.

Das Schwarz des Himmels war einem tiefen Blau gewichen, als sie Agathes Haus erreichten. Die Abgase am Horizont strahlten in Blutorange. Watson und Miez Marple waren gerade um das Haus herumgeschlichen und setzten nun ihre Pfoten in das taubedeckte Gras. Neun Tauben standen in einem Halbkreis um die Stelle, wo Betti noch vor wenigen Tagen ihre Trauerrede gehalten hatte. Um sie herum verteilt lagen kleine Gegenstände. Miez Marple sah Papierfetzen mit seltsamen Symbolen und Schnitzereien, die Katzen in verschiedenen Posen zeigten – und da waren auch die versteinerten Tatzenabdrücke, die Watson erwähnt hatte. In der Mitte des Kreises stand Betti und deklamierte mit prophetischem Tonfall einen Text. Sie las ihn von einer Rolle Pergament ab, dessen Ecken mit weiteren Ritualgegenständen beschwert worden waren, sodass es sich nicht zusammenrollen konnte:

»Mächte der Unterwelt! Ihr habt diesen armen Ka… Täuberich zu früh in Euer Reich gerufen.«

Dabei dichtete sie die offensichtlich für Katzen bestimmten Ausdrücke um, sodass sie taubentauglich wurden.

»Seine Zeit auf dieser Ebene war zu kurz! Also hört mich an, oh, die Ihr wacht über die Schwelle des Todes und des Lebens, lasst ihn noch einmal schnu… gurren!«

Die Tauben gurrten zustimmend und murmelten Worte, die Miez Marple nicht verstand. Dann fing Betti an, mit ihrem zu kurzen Beinchen in der Erde zu scharren. Sie schleuderte die Erde so kraftvoll um sich, dass einige Tauben ausweichen mussten.

»Berti! Hörst du! Ich hole dich zurück! Bald sind wir wieder vereint«, schrie Betti und scharrte wie besessen in dem Beet.

»Betti!«, rief Miez Marple, woraufhin alle Tauben erschrocken ein seitliches Auge in ihre Richtung drehten. »Hör auf mit diesem Irrsinn!«

Die Katzendetektivin rannte auf die Tauben zu, die panisch in alle Himmelsrichtungen davonflogen. Betti schien davon nichts mitzubekommen.

»Berti, steh auf! Ich habe das Schicksal um eine weitere Chance gebeten!«

Sie scharrte und scharrte und gurrte, doch die Erde aus Agathes Beet blieb stumm. Watson und Miez Marple stellten sich links und rechts neben die Taube, stupsten sie sanft mit den Nasen an und schnurrten, um sie zu beruhigen. Um sie herum begann die Vorstadt langsam aus ihrem Schlummer zu erwachen. Rollos wurden hochgezogen, Zeitungen von den Fußmatten geholt, und die Hunde der Nachbarschaft bellten sich morgendliche Grüße entgegen. Irgendwann sank die

Taube kraftlos in sich zusammen. Miez Marples anfängliche Wut hatte sich in bleischweres Mitleid verwandelt.

»Komm, wir bringen dich ins Warme«, sagte sie. »Watson hat erwähnt, dass die alte Frau, die gern Tauben füttert, heute wieder in die Bibliothek kommt. Weißt du noch, wie du von ihrem Brot geschwärmt hast?«

Betti schluchzte. »Es tut mir leid, Miez! Ich ... Ich hätte nicht ... Ich wollte ihn doch nur einmal wiedersehen!«

»Ich weiß«, sagte Miez Marple.

»Es tut mir leid.«

»Schon gut, meine Freundin. Schon gut.«

Die Katzendetektivin nickte Watson zu, woraufhin er sich mit Betti an der Seite in Richtung Bibliothek aufmachte. Miez Marple sammelte die verstreuten Gegenstände auf und versteckte sie in einem Blumenkübel. Das Pergament nahm sie mit ins Haus und schob es unter die Decke ihres Korbes. Als sie für einen kurzen Moment den Kopf auf ihre Vorderpfoten legte, spürte sie, wie die Erschöpfung von ihr Besitz ergriff. Sie dachte an Betti, an die Verzweiflung in ihren Augen und daran, wie hilflos sie sich angesichts des Kummers ihrer gefiederten Freundin gefühlt hatte. Alles, was sie sich wünschte, war, dass Betti wieder zu der lebenslustigen und schrulligen Taube wurde, die sie einst kennengelernt hatte. Und doch: Ein Detail an der Szene im Gemüsebeet ließ Miez Marple nicht los. Die Gegenstände, die Watson gesucht hatte, waren also nicht vom Kult gestohlen worden. Betti hatte die Spruchrolle des Wiedererweckungsrituals sowie die Symbole, versteinerten Pfoten und Talismane zusammengesucht. Aber wie passte dann Felicity Fellballs Stoffmaus ins Bild? Was war mit

Twilights Kuscheldecke geschehen? Was wollten die Chartreux mit diesen wertlosen Alltagsgegenständen? Mit jeder weiteren Frage erreichte die Müdigkeit jetzt auch den Geist der Katzendetektivin, und bald war sie in einen tiefen, traumlosen Schlaf gesunken.

FÜNFZEHN

»Miez!« Eine kleine schwarze Nase stupste die Katzendetektivin in die Seite. »Miez, steh auf! Wir kommen sonst zu spät.«

Unter größter Anstrengung versuchte Miez Marple ihre Augen zu öffnen, doch es wollte ihr nicht so recht gelingen. Sie nahm beide Vorderpfoten und versuchte, sie vor der grellen Wohnzimmerbeleuchtung abzuschirmen. Nach einem kurzen Blick aus dem Fenster war sie irritiert, denn der Himmel hatte die gleiche Farbe wie zu dem Zeitpunkt, als sie sich hier eingerollt hatte.

»Miez, wir müssen los! Du hast den ganzen Tag verschlafen! Es dämmert bereits wieder! Die Wahl beginnt in Kürze.«

»Watson, lass mich. Auf eine Pfote mehr oder weniger kommt es doch auch nicht an!«

»Unter gewöhnlichen Umständen würde ich dir recht geben, liebe Miez. Aber möchtest du wirklich, dass Magret Scratcher eine weitere Amtsperiode bekleidet?!«

Die Katzendetektivin streckte ihre Glieder und gähnte ausgiebig. Watson drängelte weiter, bis sie schließlich widerwillig nachgab und ihm nach draußen folgte. Agathe Christiansen sah ihr mit einem Kopfschütteln nach. So oft und lange hatte Miez Marple das Haus schon lange nicht mehr verlassen – aber nachdem sie der Katzendetektivin erst kürzlich Hausarrest gegeben hatte, hütete sich die Menschenfrau, zu schnell wieder Gebrauch von dieser völlig überzogenen Strafe zu machen.

Die Wahl für das höchste Amt der Stadt fand im Abstand von vier Jahren statt. Wahlberechtigt waren alle Katzen, die das erste Lebensjahr erreicht hatten, andere Tiere wie Vögel, Nagetiere oder Hunde durften nicht wählen – sie hatten eigene Posten, die jedoch bei Weitem nicht so einflussreich waren. Sie waren im Vergleich sogar so unbedeutend, dass Ausdrücke wie »du Vogelminister« oder »du Rattenkönig« gebräuchliche Spötteleien darstellten. Wer aber über die Katzen herrschte, herrschte über alle. Es hatte lange gedauert, bis ein Verfahren gefunden worden war, mit dem sich möglichst zuverlässig bestimmen ließ, wer die größte Gunst der felinen Gemeinschaft genoss. In den frühen Zeiten engagierten die Katzen Eichhörnchen für die Organisation und Durchführung des Elektionsprozesses – ein Fehler, wie sich später herausstellen sollte. Die Grundidee war, dass Wahlnüsse in verschlossene Urnen geworfen werden sollten. Allerdings wies dieses Prinzip zu viele Schwachstellen auf, an denen manipuliert werden konnte. Und Katzen lieben es bekanntlich, zu manipulieren. Regelmäßig verschwand eine große Zahl der Wahlnüsse. Die Einzigen, die wirklich von dieser Art Wahl profitierten, waren die Eichhörnchen selbst, die als Lohn die abgegebenen Stimmen behalten durften. Digitale Abstimmungsmethoden scheiterten an den unterschiedlichen technischen Zugängen der Katzen und Kater. Einige lebten in Haushalten, in denen der Computer in einem Raum stand, den die Vierbeinigen nicht betreten durften. Zudem gab es auch Sicherheitsbedenken und die Angst vor Cyberangriffen. In dieser Periode gründete sich auch der Chaos Cat Computer Club, der versuchte, seinerseits Einfluss auf die politischen Geschehnisse zu nehmen. Doch letzten Endes wurde ein Verfahren gefunden, das sich seit mehreren Wahlperioden als beste Lösung erwiesen hatte. Der Ort, an dem über die Zukunft der Stadtgemeinschaft entschieden wurde, lag am Rande des Industriegebiets. Watson und Miez Marple sahen bereits von Weitem die ausladenden Parkflächen, die Decken aus Stahl und Glas sowie die Werbetafeln, die auf das Zentrum der felinen Demokratie hinwiesen: *Gartencenter Bock – wir machen Sie zum Gärtner.* Von allen Seiten strömten Katzen und Kater auf das Gebäude zu. Die Katzendetektivin hatte noch nie ganz verstanden, warum die Zweibeinigen diese Orte errichteten. Agathe war eines Tages mit einem Haufen Pflanzen und Erde von eben diesem Gartencenter zurückgekehrt. Dass sie bereits beides im Garten hatte, schien sie nicht zu stören. Sie hatten den Parkplatz beinahe überquert, da huschte Miez Marple eine Katze vor die Pfoten. Irritiert blieb die Katzendetektivin stehen und blickte in das Gesicht einer grauen Britisch Kurzhaar mit schwarzer Fellzeichnung. Sie hatte eiskalte blaue Augen, die in der Katzendetektivin sofort das Gefühl weckten, etwas falsch gemacht zu haben.

»Endlich treffen wir uns persönlich! Es ist Jahre her!«, sagte die Katzenbürgermeisterin. »Was war noch gleich der Anlass?« Doch sie gab Miez Marple keine Gelegenheit zu antworten. »Genau, der Wollknäuelräuber muss es gewesen sein, oder die

Verleihung des Ordens obersten Schnurrs für die Zerschlagung der Mäusegang.«

»Bürgermeisterin Scratcher, ich dachte, den Kandidierenden sei es nicht gestattet, sich in der Nähe der Zeremonie aufzuhalten.«

Diese Regel war eingeführt worden, um unlautere Einflussnahme auf die Wahl zu verhindern.

»Das ist völlig richtig, Miez Marple. Jedoch konnte ich nicht anders. Ich wollte der Heldin persönlich gratulieren.«

»Was meinen Sie?«

»Dass Sie das Kätzchen Brösel gefunden haben, natürlich! Nicht auszudenken, wenn etwas Vergleichbares geschehen wäre, wie mit dieser anderen Straßenkatze.«

Miez Marple spürte, wie dieser Satz Watson neben ihr in Anspannung versetzte. Doch er blieb still.

»Danke, ich habe nur meinen Job gemacht.«

»In Wahrheit wäre es ja der Job meiner Polizei gewesen«, fuhr Scratcher fort. »Aber so, wie sich unsere Stadt entwickelt, sind wir auf tapfere Katzen wie Sie einfach angewiesen. Wir können nicht zulassen, dass diese Stadt für Katzen immer gefährlicher wird!«

»Sie sprechen natürlich von Hauskatzen«, sagte Miez Marple.

Scratchers Ohren klappten zur Seite. »Sie enttäuschen mich! Jetzt übernehmen Sie schon die Rhetorik von diesem Leguan. Ich hatte angenommen, dass Sie aufgrund der jüngsten Ereignisse nicht allzu gut auf ihn zu sprechen sind. Aber da habe ich mich wohl geirrt.«

»Dann haben Sie sich wohl auch in Ihrem Gönner aus der

großen Villa geirrt. Schließlich hat er bis vor Kurzem noch mit Larry unter einer Decke gesteckt.« Miez Marple hatte unbewusst eine Angriffshaltung angenommen. »Diese beiden aus dem Verkehr zu ziehen, hat die Straßen wesentlich sicherer gemacht als Ihre Kampagne gegen die Streunerkolonie.«

Scratcher lächelte. »Glückwunsch noch einmal zu dem Kätzchen, Miez Marple. Ich hoffe, Sie sind bei der Wahl so gewissenhaft wie in Ihrer Arbeit.«

Damit stolzierte die Katzenbürgermeisterin in Richtung Parkplatz davon.

»Danke, dass du mich geweckt hast, Watson. Los, lass uns gehen!«

Sie folgten der Menge zu einer Lücke, die sich im Zaun des Außenbereichs des Gartencenters befand. Hier standen Zierbrunnen, verschiedene Pflanzen und Baumaterialien. Es roch nach Sägemehl und Rindenmulch. Miez Marple hatte schon lange nicht mehr so viele Katzen und Kater auf einem Haufen gesehen. Sie saßen auf Rasenmähern, auf Gartenmobiliar und in Schubkarren. Auf den ersten Blick schien es sich bei den meisten von ihnen um Hauskatzen zu handeln. Nur bei den Gartenschläuchen erkannte die flauschige Ermittlerin Freya, die mit einigen Streunenden ein eingeschüchtertes Grüppchen bildete. Miez Marple und Watson nahmen neben ihnen Platz. In sicherem Abstand kauerten zwei Schäferhunde der *Bellt-Zeitung*, die bei dem Anblick so vieler Katzen etwas verloren wirkten. Zwischen zwei gegenüberliegenden Regalreihen voller Blumentöpfe hockte die Wahlleiterin – eine Burmakatze mit strengem Blick. Sie wartete, bis die letzten Katzen einen Platz gefunden hatten, und begann dann die Zeremonie. Ihre Worte waren schwer und salbungsvoll.

»Werte Katzen und Kater, wir haben uns heute hier zusammengefunden, um über das zukünftige Schicksal unserer Stadt zu entscheiden!«

Miez Marple knuffte Watson in die Seite.

»Ist die mit dir verwandt?«

Watson ignorierte die Katzendetektivin und lauschte konzentriert den Worten der Wahlleiterin.

»Sie kennen alle das Prozedere, nehme ich an. Für diejenigen, die das erste Mal bei der Zeremonie dabei sind, gebe ich den Hinweis, sich von den Regalen zu entfernen.«

Miez Marple, die wusste, was jetzt folgte, überprüfte ihren Abstand zu den Blumentopfregalen. Sie hatte sich extra in größerer Entfernung niedergelassen. Die Wahlleiterin verließ ihre Position, hüpfte auf einen Stapel Düngemittel und rief: »Kraft des mir verliehenen Amtes bitte ich das Scherbengericht, zur Tat zu schreiten und das Wahlmaterial vorzubereiten!«

Eine sehr junge Streunerin, die neben Miez Marple saß, sah die Detektivin fragend an.

»Scherbengericht, was soll das denn sein?«

Miez Marple deutete nach oben in die Regalreihen, wo jetzt Katzen und Kater mit würdevollem Blick hinter den Blumentöpfen erschienen. Sie alle sahen zu der Burmakatze. Alles blieb still. Dann nickte die Wahlleiterin, und mit feierlicher Miene schoben etwa zwei Dutzend Pfoten die Blumentöpfe über die Kanten der Regale, die daraufhin durch die Luft segelten und auf dem Boden zerschellten. Alle Anwesenden zuckten kurz zusammen. Dann stellte sich bei allen der zufriedene Gesichtsausdruck ein, den Katzen immer aufsetzen, wenn etwas heruntergestoßen wurde.

»Die Wahl ist eröffnet! Bitte stellen Sie sich in einer Reihe auf und legen Sie Ihre Scherbe auf die Seite zu meiner Linken, wenn Sie für Krall Marx stimmen, auf die rechte, wenn Sie für Magret Srcatcher stimmen.«

Die Menge setzte sich in Bewegung. Miez Marple ergatterte für sich und Watson einen Platz recht weit vorn in der Schlange. Die Katzendetektivin hasste lange Wartezeiten.

»Jeder nur eine Scherbe!«, rief eine Katze von hinten überflüssigerweise dazwischen. Ein Running Gag, der bei jeder Wahl von irgendwem gemacht wurde und den Miez Marple weder witzig noch inspiriert oder klug fand. Nach und nach drängten sich die Anwesenden in die Reihe und begannen abzustimmen. Jede Katze und jeder Kater hatte eine ganz eigene Technik entwickelt, um die Stimme auf die jeweilige Seite zu befördern. Ein Tuxedo-Kater schob seine Scherbe vornehm mit der Pfote rechts neben die Burmakatze. Ein anderer, rundlicher Kater mit kastanienbraunem Fell schob seine Scherbe mit der Nase auf die linke Seite. Als Miez Marple und Watson ihre Scherben mit dem Maul auf Krall Marx' Haufen fallen ließen, lagen dort erst fünf andere, während sich bei Magret Scratcher bereits ein kleiner Haufen gebildet hatte. Miez Marple sah auf die Reihe hinter sich. Freya, Buster und die anderen Streunenden standen etwas weiter hinten. Es würde spannend bleiben. Wer gewählt hatte, setzte sich in einiger Distanz zu der Wahlleiterin hin. In den nachfolgenden Minuten holte der Haufen von Krall Marx deutlich auf, da nun beinahe ausschließlich Straßenkatzen und -kater ihre Stimme abgaben. Als Pluto und Venetia ihre Scherben auf den linken Haufen legten, war klar, dass Krall Marx vorne lag. Freudiges Schnurren und Maunzen erklang.

»Was ist los mit dir?«, fragte Miez Marple, die auf Watson schaute, dessen Miene sich verfinsterte. »Freust du dich nicht?«

»Ich fürchte, es wird nicht reichen, liebe Miez.«

»Sei nicht so pessimiezisch! Noch ist doch alles offen!«

»Glaube mir, ich wünschte, es wäre anders, doch die Hochrechnungen zeigen mir ein anderes Bild.«

In diesem Moment tapste ein roter buschiger Kater mit Polizeimütze auf die Wahlleiterin zu und stieß eine Tonscherbe auf den rechten Haufen.

»Das ist doch nicht Ihr Ernst, Kommissar!«, fauchte Miez Marple und rannte auf Milky Way zu.

»Marple«, sagte er. Für den Bruchteil einer Sekunde sah er schuldbewusst drein.

»Wie können Sie für Scratcher stimmen, wenn Sie nur einen Hauch Gerechtigkeit in Ihren Schnurrhaarspitzen haben?!«

Der Kommissar sah sie aus müden Augen an.

»Hier geht es nicht darum, was ich glaube, dass richtig ist, Miez Marple.«

»Doch! Genau darum geht es! Ich kann einfach nicht fassen ...«

Der Kommissar sprang mit einem Satz auf Miez Marple zu, legte eine kräftige Tatze um ihren Hals und zog sie zu sich heran. Dann sah er sich zu beiden Seiten um.

»Ich kann nicht, Marple. Alle sehen hier zu, wenn ich irgendetwas Gutes tun will und im Amt bleiben möchte, dann kann ich meiner Arbeitgeberin nicht ins Rückenfell fallen.«

»So eine billige Ausrede!« Miez Marple war außer sich vor Wut. »Sie können …«

»Hinter die Linie!«, fauchte die Burmakatze, und zwei Polizeikatzen kamen heran und drängten Miez Marple zurück an ihren Platz. Milky Way drehte sich mit eingezogenem Schwanz um und verschwand in der Menge. Unterdessen waren weitere Scherben auf die Haufen gelegt worden, und nun zeichnete sich ab, dass Watson recht behalten sollte. Der Haufen für Magret Scratcher war deutlich größer, und die verbliebenen Katzen und Kater, die noch keine Stimme abgegeben hatten, mussten Bewohnende des Sommerfellviertels sein. Das verrieten die teuren Halsbänder, das gestriegelte Fell und ein Blick, in dem das Bedauern darüber lag, niemanden mit dieser Aufgabe betrauen zu können. Der letzte Kater trat nach vorne, und als Miez Marple ihn erkannte, weiteten sich ihre Augen. Mit seiner nicht zu verleugnenden Eleganz stieß der weiße Kater mit der Wunde im Gesicht seine Tonscherbe nach vorne. Als Ethan von Mausenstein Miez Marple erblickte, hielt er kurz inne. Dann lächelte er süffisant und schob das Blumentopffragment in unerträglicher Langsamkeit auf den deutlich größeren Haufen auf der rechten Seite. Die flauschige Ermittlerin war außer sich.

»Das kann nicht sein! Watson, das darf einfach nicht sein! Wie konnte Milky Way das zulassen? Wenn ich den in die Pfoten bekomme …«

»Miez«, sagte Watson. »Es ist vorbei. Wir haben getan, was in unserer Macht stand.«

Die Burmakatze sah von einem Haufen auf den anderen. »Werte Katzen und Kater. So wie es aussieht, haben wir eine Antwort auf die Frage, wer die kommenden vier Jahre das Amt der Bürgermeisterin bekleiden wird. Zwar bedarf es noch einer offiziellen Zählung der Scherben, aber das Ergebnis scheint doch eindeutig.« Sie räusperte sich. »Kraft meines Amtes ...«

»Halt!«, rief da ein maunzendes Stimmchen. Ohren und Köpfe drehten sich ruckartig zu dem Loch im Zaun.

»Eine denokratische Abstimmung muss doch alle Stimmen berücksichtigen«, rief Schnurrstus Jonas und streckte sein Köpfchen durch das Loch. Kurz darauf kraxelten Bobcat, Peter und Brösel über den Anführer der vier Pfoten hinweg und bauten sich vor den großen Katzen und Katern auf.

»Jaaa! Es fehlen noch Stimmen!«, maunzte Bobcat.

»Stimmen! Stimmen!«, riefen die anderen im Chor.

»Ach, die Jugend«, sagte Ethan von Mausenstein. Die Gruppe der wohlhabenden Katzen um Ethan von Mausenstein sah belustigt drein. »Wer in eurem Alter die Ideen von Krall Marx nicht schätzt, hat kein Herz, wenn es euch in vier Jahren noch immer so geht, würde ich allerdings an eurem Verstand zweifeln.«

»Kommst dir wohl wichtig vor, Napfschlecker!«, rief Bobcat.

Mausenstein ließ sich davon nicht aus der Fassung bringen.

»Was sucht ihr hier? Müsstet ihr euch nicht längst einen Platz unter der Brücke zum Schlafen suchen? Eure Stimmchen würden keinen Unterschied machen, und außerdem seid ihr sowieso nicht alt genug.«

»Wir nicht, aber die da!«, rief Peter Paw, und die vier Kätzchen wichen von dem Loch im Zaun, durch das sich nun nacheinander mehrere Katzen und Kater zwängten. Ihr Fell war verfilzt, oder zumindest glänzte es nicht so wie das der Hauskatzen. Einige von ihnen trugen Narben oder sahen etwas kränklich aus, doch alle hatten denselben entschlossenen Gesichtsausdruck. Miez Marple rannte auf Schnurrstus zu.

»Was sind das für Katzen? Warum kommen sie erst jetzt?«

»Das sind unsere Freunde!«, sagte das Detektivkätzchen und sah Miez Marple an, die kleine flauschige Brust stolz nach vorn gestreckt. Eine Katze mit nur einem Auge setzte sich neben Schnurrstus.

»Wir kommen aus den äußeren Bezirken. Wir haben dich beobachtet und gesehen, was du für Brösel getan hast. Noch nie hat sich eine Hauskatze so sehr für uns eingesetzt.«

Miez Marple dachte an die Gestalten, die um das alte Schwimmbad herumgeschlichen waren.

»Wir hatten die Hoffnung aufgegeben. Kater wie Krall Marx gab es schon viele. Aber niemand hat es bisher geschafft, dass sich auch Hauskatzen für seine Ideen begeistern. Deshalb sind wir hier. Du hast uns Hoffnung gegeben, Miez Marple.«

Die Katzendetektivin setzte zu einer Antwort an, doch Watson legte ihr sanft eine Pfote auf ihren Mund.

»Sag jetzt bloß nicht schon wieder, dass du nur deinen Job gemacht hast, liebe Miez«, flüsterte er ihr zu.

»Wir brauchen also mehr Scherben!«, rief Buster.

Alle Blicke ruhten auf der Wahlleiterin, die die Situation mit aufmerksamen Augen verfolgt hatte. Dann räusperte sie sich und sagte: »Ich bitte um Bereitstellung weiteren Wahlmaterials.«

Auf den Gesichtern der Entourage um Mausenstein zeichnete sich Entsetzen ab, als weitere Blumentöpfe vor ihren Pfoten zersplitterten. Die Neuankömmlinge bildeten ebenfalls eine Reihe, und in Windeseile wuchs der Haufen für Krall Marx in die Höhe.

»Hört auf! Hört auf damit!«, zeterte Mausenstein, doch die Polizeikatzen gemahnten ihn zu Ruhe. Freya hatte sich zu Miez Marple, Watson und den Kätzchen gesellt. Die große Waldkatze schnurrte durchdringend.

»Das habt ihr gut gemacht«, sagte sie. Doch die Kätzchen waren längst wieder dazu übergegangen, miteinander zu raufen und die Erde aus den umherstehenden Topfpflanzen herauszuschleudern. Es dauerte etliche Minuten, bis die zusätzlichen Stimmen abgegeben waren, und einige weitere, bis das finale Ergebnis ausgezählt war. Endlich wandten sich die Wahlhelfer von der Burmakatze ab, nachdem sie alle Zählungen verglichen hatten. Die Wahlleiterin räusperte sich und begann den Satz erneut, bei dem sie zuvor von den vier Pfoten unterbrochen worden war: »Kraft meines Amtes darf ich verkünden, dass das oberste Amt der Stadt durch die heute getroffene Entscheidung ab sofort von Krall Marx ausgeführt wird.«

Ein Begeisterungssturm brach los. Die Streunenden und die wenigen Hauskatzen, die ebenfalls für Krall gestimmt hatten, schnurrten, miauten und rieben ihre Köpfe aneinander. Ethan von Mausenstein riss in seiner Wut einen Sack Blumenerde auf, dessen Inhalt ihm sofort auf das glänzende Fell schwappte.

»Siehst du, Watson«, sagte Miez Marple. »Die Katzen in dieser Stadt können doch füreinander einstehen!«

»Daran erinnere ich dich, wenn ich dir die nächsten Fälle vorlege«, erwiderte Watson, der seine Freude aber ebenfalls nicht verbergen konnte. Freya beugte sich zu Miez Marple hinunter.

»Ich muss sofort los und Krall Bescheid geben. Er müsste mittlerweile angekommen sein und draußen auf das Ergebnis warten. Endlich, die Zeiten werden besser. Danke, Miez Marple!«

Die Waldkatze rannte nach draußen. Im Gartencenter herrschte Ausnahmezustand. Jemand hatte Kartons gefunden und eine falsch sortierte XXL-Packung Trockenfutter. Gerade wollte Miez Marple einen Happen nehmen, da erklang von draußen ein lautes, herzzerreißendes Miauen.

SECHZEHN

Das klagende Miauen wollte nicht aufhören. Einige Katzen drehten ihre Köpfe in Richtung Parkplatz, doch durch die Werbeplane am Zaun ließ sich nichts erkennen. Miez Marple wurde übel. Gepackt von einer schrecklichen Vorahnung, rannte sie hinaus und folgte der nun wimmernden Stimme von Freya. Watson blieb dicht hinter der Katzendetektivin. Neben zwei Müllcontainern, an einer der Lieferrampen, saß Freya. Zu ihren Füßen schimmerte etwas Weißes und Flauschiges. Miez Marple rannte so schnell, wie sie noch nie gerannt war. Je näher sie kam, desto stärker wurde der vertraute, eisenhaltige Geruch. Als sie neben Freya anhielt, war er so stark, dass sie ihn beinahe schmecken konnte. Sie musste sich hinsetzen. Zwar sahen ihre Augen, welches Grauen sich zu ihren Pfoten befand, aber ihr Verstand weigerte sich, es zu akzeptieren.

»Das ... Das ist ...«, begann die Katzendetektivin, doch auch die Worte versagten ihr. Erst als Watson und Kommissar Milky Way neben ihr erschienen und erschrocken Krall Marx' Namen flüsterten, löste sich die Schockstarre der Katzendetektivin. Der soeben gewählte Bürgermeister lag mit offenen

Augen und einer großen Bisswunde auf dem Asphalt. Auch einige Klauenspuren waren zu erkennen.

»Wir müssen sofort das Gelände absperren«, sagte sie. »Milky Way, der Täter kann immer noch hier in der Nähe sein. Bringen Sie die Menge in Sicherheit und sorgen Sie dafür, dass keine Panik ausbricht.«

Der Kommissar wollte erst widersprechen, da es eigentlich seine Aufgabe gewesen wäre, Derartiges anzuordnen, doch der Blick von Miez Marple duldete keinen Widerspruch.

»Watson, schau dir bitte den Tatort an. Alles, was wir in den ersten Minuten finden, kann entscheidend sein!«

»In Ordnung, Miez, und was machst du?«

»Ich schnappe mir dieses Scheusal!«

Ohne auf Watsons Protest einzugehen, rannte sie los. Die blutige Fährte war noch frisch. Das war ihre Chance, den Täter zu finden. Der Geruch führte sie über den gesamten Parkplatz in Richtung eines Grünstreifens, der sich zwischen dem Gelände des Gartencenters und der Straße befand. Einige Meter vor dem verwilderten Stück nahm die Katzendetektivin eine Bewegung wahr. Unter einer Straßenlaterne stand ein Kleintransporter, in dessen Schatten zwei Gestalten hockten. Miez Marple schlich in einem großen Bogen um das Gefährt und suchte Deckung hinter den Reifen eines Kleinwagens. Zwar konnte sie von hier aus nicht gesehen werden, doch der Winkel machte es ihr gleichzeitig unmöglich, ihrerseits einen Blick auf die beiden Tiere zu werfen. Dem Tonfall nach zu urteilen, stritten sie miteinander.

»Trotzdem! Wir hatten eine Abmachung!«

»Und an die haben wir uns gehalten. Sie wussten, auf was

Sie sich einlassen! So wie es aussieht, bekommen Sie doch, was Sie wollten.«

Ein Fauchen erklang. »Das macht alles unnötig viel schwerer! Sie hätten warten müssen!«

Miez Marples Schnurrhaare stellten sich auf. Die eine Stimme gehörte eindeutig zu Magret Scratcher! Auch die andere kam ihr vertraut vor. Dieser herablassende Tonfall hatte sie bereits beim ersten Mal die Krallen zucken lassen. Tatzington! Ethan von Mausensteins Butler! Sie musste etwas unternehmen.

»Es war mir unmöglich, die anderen Mitglieder länger zurückzuhalten, das müssen Sie verstehen. Wir haben lange gewartet.«

»Verschonen Sie mich mit Ihren Rechtfertigungen. Dank Ihnen muss ich mich jetzt verstecken und überlegen, wie wir aus dieser Nummer wieder herauskommen. Halten Sie um Napfes willen die Pfoten still, nicht dass Mausenstein auch noch Wind davon bekommt!«

Noch ehe Miez Marple reagieren konnte, rannte Magret Scratcher über den Parkplatz und verschwand. Gerade wollte sie ihr nachsetzen, da brach im Gartencenter ein Tumult aus.

»Milky Way!«, fluchte sie. Was war bitte so schwierig daran, ein paar Hundert Katzen ruhig zu halten?!

»Wer ist da?!«, fauchte Tatzington. Miez Marple kauerte sich zusammen und atmete flach. Gleich darauf sah sie, wie eine große Menge Katzen und Kater aus dem Gartencenter geströmt kam. Miez Marple machte einen Satz nach vorne, doch der Kartäuser war schneller. Mitten im Sprung riss er sie zurück auf den Boden. Der blau-graue Butler hockte über ihr, starrte sie aus feurig roten Augen an und präsentierte seine spitzen Fangzähne.

»Ich wusste, dass du Ärger machen würdest, als du auf meiner Schwelle standest.« Jegliche Vornehmheit war von ihm gewichen.

»Deine Schwelle? Dass ich nicht lache!«, gab Miez Marple zurück und schaffte es, sich mit einem Hieb ihrer rechten Tatze zu befreien.

»Egal, was du jetzt tust, es ist zu spät«, sagte Tatzington und lachte. »Der Verschlinger ist zurück, und er wird die verlausten Streuner von den Straßen tilgen. Wir haben ihn gerufen, und er hat uns erhört, hahahaha!«

Sein Lachen war schrill und spitz. Die Katzendetektivin ließ sich davon jedoch nicht beirren, sondern schlug einige Male heftig nach dem Kartäuser und beförderte ihn zu Boden. Gerade als Miez Marple ausholen wollte, um ihn dort zu fixieren, rollte sich der Kartäuser zur Seite und hechtete davon in Richtung Grünstreifen. Miez Marple rannte hinterher, doch er war schneller als sie und augenblicklich im dichten Gestrüpp verschwunden. Miez Marple kroch durch das Unterholz und versuchte, Schritt zu halten. Plötzlich roch sie etwas. Eisen. Der Geruch war beinahe so stark wie wenige Augenblicke zuvor am Tatort. Da schnellte eine lange, gespaltene Zunge durch die Blätter hervor. Noch ehe Miez Marple reagieren konnte, brach etwas durch die Zweige vor ihr. Sie sah graue Schuppen, zwei riesige blutverschmierte Klauen und ein Maul so groß, dass es sie mit einem Bissen verschlingen konnte. Der Gestank, der ihr entgegenschlug, war überwältigend. Der Verschlinger der Chartreux. Das war es also. Das war das Ende.

Miez Marple schloss die Augen, um dem unausweichlichen Tod nicht entgegenblicken zu müssen. Sie fragte sich, was in ihrem nächsten Leben auf sie warten mochte. Ob sie wohl auch Gedichte schreiben würde? Moment! Was waren das für unsinnige Fragen? Und warum hatte sie die Möglichkeit, weitere zu stellen? Zögerlich öffnete sie ihre Augen. Sie war eindeutig nicht gestorben. Aber auch das Monstrum war noch da. Allerdings hatte es von ihr abgelassen und kämpfte mit jemand anderem – Freya. Die Anführerin der Streunerkolonie hatte sich schützend vor Miez Marple gestellt, fauchte Furcht einflößend und schlug mit ihren mächtigen Pranken nach dem schuppigen Wesen. Jetzt hörte sie hinter sich aufgeregte Stimmen und Miauen, und auch die Kreatur schien dies wahrzunehmen, denn plötzlich drehte sie sich um und brach in Sekundenschelle durch das Dickicht davon. Miez Marple setzte zur Verfolgung an, doch Freya hielt sie zurück.

»Halt! Das ist kein Kampf, den wir gewinnen können.«

Miez Marple knurrte, wusste aber natürlich, dass Freya recht hatte. Sie trotteten zurück durch das Gebüsch in Richtung Gartencenter, wo bereits eine aufgelöste Schar von Katzen und Katern auf sie wartete.

»Hast du ihn erwischt, Miez Marple?«

»Wer war das?! Hat Magret Scratcher ihn umgebracht?«

»Hund S. Thompson von der *Bellt-Zeitung*, eine kurze Stellungnahme, bitte!«

Im Nu war die Katzendetektivin umringt von Tieren, die alle gleichzeitig etwas von ihr wissen wollten. Gelegentlich gab sie einsilbige Antworten, doch es gelang ihr nicht, auch nur im Ansatz zu beschreiben, was gerade geschehen war.

»Ruhe!«, rief auf einmal eine strenge, scharfe Stimme. Die Wahlleiterin hatte sich auf einen Straßenpoller gestellt und wartete, bis sie eine gewisse Aufmerksamkeit von den Umstehenden hatte.

»Da der gewählte Kandidat aufgrund seines Ablebens das Amt nicht übernehmen kann, wird automatisch die Zweitplatzierte – in diesem Fall Magret Scratcher – als die nächste Bürgermeisterin nachrücken. Solange ...«

Doch jetzt brach ein Protestgeschrei los, das die Burmakatze zwang, ihre Erläuterung zu unterbrechen.

»Scratcher hat ihn umgebracht! Ich will keine Mörderin als Bürgermeisterin!«, rief ein Perserkater.

»Da können wir ja gleich wieder zu Wettkämpfen auf Leben und Tod übergehen«, jammerte eine betagte Kurzhaarkatze.

»Das lässt sich einrichten«, feixte Ethan von Mausenstein, wurde aber direkt von einigen Streunerinnen zusammengeschrien, woraufhin er sich hinter seiner feinen Gefolgschaft versteckte.

»Lassen Sie mich endlich ausreden!«, schrie die Burmakatze, und Miez Marple hatte mit einem Mal großen Respekt vor ihrer Durchsetzungskraft. »Solange nicht geklärt ist, ob die Kontrahentin des verstorbenen Kandidaten etwas mit dessen Tod zu tun hat, liegt es in meinem Aufgabenbereich, ein Substitut zu bestimmen. Dieses wird die Tätigkeiten der Bürgermeisterin bis auf Weiteres ausüben.«

Watson hatte Miez Marple von diesem Gesetz erzählt. Es handelte sich um eine Klausel, die bereits bei den ganz frühen Wahlmodellen der Katzenwelt zum Einsatz gekommen war.

Bevor es diese Regel gab, hatte ein Wahlsieg stets eine deutlich reduzierte Lebenserwartung bedeutet.

»Wie wäre es mit Freya?«, rief Buster und erntete protestierendes Fauchen von etlichen Hauskatzen.

»Die Person darf nicht in direkter Verbindung mit einem der Kandidaten stehen«, sagte die Burmakatze.

»Ich möchte Lord Edward Schimmerfell den Zweiten vorschlagen«, sagte Ethan von Mausenstein. »Er hat einen ausgezeichneten Gerechtigkeitssinn.«

Dabei deutete er auf einen vornehmen Ragdoll-Kater, dessen Halsband mehrere Diamanten zierten.

»Diese Entscheidung wird nicht mittels eines Wahlprozesses getroffen. Es obliegt der Wahlleiterin, also mir, ein Substitut zu bestimmen.«

Sowohl Buster als auch Mausenstein schwiegen. Alle starrten auf die Burmakatze.

»In dieser besonderen Situation möchte ich eine Katze bestimmen, die sich gleichermaßen um das Wohl von Haus- als auch Straßenkatzen bemüht hat und somit keiner Seite eindeutig zugehörig ist. In diesem Sinne: Bis alle Umstände um den Tod von Krall Marx geklärt sind, wird Miez Marple das Tagesgeschäft als temporäre Bürgermeisterin leiten.«

Ein Raunen ging durch die Menge. Miez Marple starrte fassungslos auf die Burmakatze.

»Eine gute Lösung«, sagte eine Hauskatze. »Miez Marple hat letztes Jahr die Hundebande verjagt, die mich in meinem Garten bedroht hat.«

»Ja«, sagte ein anderer Kater, »sie hat mich entlastet, als man mich beschuldigte, in fremden Revieren zu jagen!«

»Miez Marple und neutral?! Dass ich nicht lache! Sie steckt doch mit diesen Flohsäcken unter einer Decke!«

Ethan von Mausenstein machte zwei Schritte auf die Wahlleiterin zu, doch erneut wurde der Futtermittelbaron von zwei Polizeikatzen zurückgedrängt. Die Katzendetektivin miaute auf und ergriff das Wort: »Zwar fühle ich mich geehrt, doch ich kann das nicht annehmen! Ich muss den Mörder von Krall Marx fangen und …«

»Das«, sagte die Burmakatze, »ist Aufgabe der Katzenpolizei. Der Polizei, die Sie jetzt befehligen. Selbstverständlich sollen Sie sich weiter um das Wohl der Stadt kümmern, aber dies geschieht bis auf Weiteres aus dem Rathaus heraus.« Miez Marple miaute protestierend auf. »Des Weiteren wird eine Weigerung, dieses temporäre Amt auszuüben, als Verrat an der felinen Gesellschaft gewertet und auf das Härteste bestraft. Diese Entscheidung ist amtlich und endgültig!«

Mit diesen Worten sprang die Burmakatze von ihrem Poller und ging auf Miez Marple zu.

»Ich hoffe, Sie verstehen, wie wichtig diese Aufgabe ist. In wenigen Stunden werden die ersten Menschen hier auftauchen, und bis dahin muss der Platz geräumt sein – das wird Ihre erste Amtshandlung sein, Miez Marple«, sagte sie und schritt mit erhobenem Schwanz davon. Kaum war sie verschwunden, brach wieder ein Tumult aus. Es gab eine Menge Begeisterungsbekundungen vonseiten der Streuner, doch viele Hauskatzen – insbesondere Mausensteins Vertraute – taten ihren Unmut kund. Sie miauten und schrien und begannen kleine Raufereien mit Straßenkatzen.

»Miez Marple«, Milky Way drängte sich zu ihr vor.

»Kommissar, ich wollte das nicht, ich …«

»Glauben Sie mir, ich bin so überrascht wie Sie, aber Gesetz ist Gesetz. Doch jetzt gilt es, schnell zu handeln, bevor hier ein zweiter Fight Club eröffnet wird.«

Miez Marple sah auf die Menge, in der die Streitereien immer hitziger wurden. Am Rand standen einige Familien mit ihren Kätzchen und kauerten sich ängstlich zusammen. Die Katzendetektivin atmete einmal tief durch.

»In Ordnung, können Sie dafür sorgen, dass alle sicher von hier wegkommen? Ich habe den Mörder gesehen, und wenn er noch hier in der Nähe ist, sind wir alle in großer Gefahr.«

»Sie haben ihn gesehen?«

»Das muss warten! Bringen Sie die Katzen und Kater in Sicherheit!«

Milky Way nickte. »Gehen Sie zum Rathaus – ich komme zu Ihnen.«

Kommissar Milky Way fauchte zwei, drei Befehle, und sofort begannen die Beamten und Beamtinnen, die Menge in Gruppen aufzuteilen, je nach Viertel, in dem sie wohnten. So leerte sich der Parkplatz nach und nach, bis nur noch Watson und Miez Marple übrig blieben.

»Also, werte Katzenbürgermeisterin«, sagte Watson. »Was nun?«

SIEBZEHN

Der Regierungssitz der Katzenbürgermeisterin lag über den Dächern der Stadt. Auf dem ungenutzten Dachboden des Menschenrathauses wurden seit Jahrzehnten die wichtigen Entscheidungen über das Stadtgeschehen gefällt. Hier hingen Spinnweben vom splittrigen Gebälk, und überall standen Kartons mit sensiblen Unterlagen, die die Menschen hier verschwinden lassen wollten. Miez Marple saß vor einem Dachfenster, das von innen mit Staub, von außen mit dünnem Frost bedeckt war. Unter ihr zeichnete sich verschwommen die Stadt ab, über der es langsam zu dämmern begann. Irgendwo dort unten kroch gerade eine gefährliche Monstrosität zurück in ihr Versteck, um in Kürze erneut zu töten. So hatte es der wahnsinnige Butler vorhergesagt. Von Magret Scratcher fehlte jede Spur. Und statt etwas Sinnvolles zu tun, hockte die Katzendetektivin hier fest und ließ sich von den Bürokatzen des Rathauses in die gähnend langweiligen Aufgaben der Stadtverwaltung einweihen.

»Bürgermeisterin Marple?«, eine Pixiebob-Katze räusperte sich hinter der Katzendetektivin. »Ich benötige Ihre Unterschrift auf einem Antrag R-47b zur Reviererweiterung.«

Stumm drehte sich Miez Marple um und kratzte ihre Initiale in ein Blatt Papier. Die Beamtin bedankte sich mit einem Blinzeln und kehrte zurück zu ihrem Arbeitsplatz. Seit Stunden ging das schon so. Formulare hier, Formulare da, und kein Lebenszeichen von Milky Way. Sie hatte versucht zu schlafen, doch ständig wollte irgendwer etwas von ihr – eine Unterschrift, einen Ratschlag oder eine Entscheidung. Und wenn es ihr gelang, ihre Augen für ein paar Minuten auszuruhen, dann erschien vor ihr der leblose Körper von Krall Marx oder das riesige Maul des Verschlingers. Miez Marple legte den Kopf auf die Vorderpfoten und grübelte. Um sie herum huschten die Mitarbeitenden des Katzenrathauses und sortieren Dokumente, tippten mit ihren Pfoten auf ausrangierten Computertastaturen herum oder schliefen auf Ordnerstapeln. Miez Marple hatte sich das Bürgermeisterinnendasein immer etwas glamouröser vorgestellt, doch letztendlich schien es ihrer Tätigkeit als Katzendetektivin sehr ähnlich zu sein. Nur eben ohne Aufregung und kognitive Herausforderung. Ständig kam jemand mit einem Problem zu ihr, das nur sie lösen konnte, und wurde ungehalten, wenn sie nicht augenblicklich reagierte. Die Katzendetektivin streckte ihre Glieder. Ein plötzliches Geräusch über ihr ließ sie aus ihren Gedanken hochschrecken. In einer Dachluke, die einen Spaltbreit offen stand, hockte ein Rotkehlchen und zwitscherte:

»Schmalspurermittlerin Miez Marple erschleicht sich Bürgermeisterinnenposten! Krall Marx' Mörder immer noch nicht gefasst. Ist die Stadt dem Untergang geweiht?«

Noch bevor Miez Marple reagieren konnte, erschienen über

dem gefiederten Quälgeist zwei Schwingen, denen der Vogel nur knapp ausweichen konnte.

»Nimm den Schnabel nicht so voll, du Küken!«

Betti nahm nun den Platz an der Luke ein, zwängte sich hindurch und landete auf einem der Dachbalken. Dabei sah sie sich nervös im Raum um, doch die Beamtinnen nahmen nur kurz Notiz von der Taube und gingen augenblicklich wieder ihren Tätigkeiten nach.

»Betti! Wie gut, dich zu sehen. Wie ... Wie geht es dir?«

Doch Betti gurrte nur kurz und winkte ab. »Ich komme klar, Miez. Viel wichtiger ist: Wie geht es dir? Watson hat mir erzählt, was geschehen ist. Das ist ja alles schrecklich!«

»Watson? Wo steckt er? Ich warte seit einer Ewigkeit!«

»Ich soll dir ausrichten, dass er bald kommt.«

Ein Maine-Coon-Kater mit traurigen Augen kam mit einem Stoß Papiere im Maul auf Miez Marple zu, doch die Katzendetektivin scheuchte ihn mit einem Fauchen davon.

»Ich sage dir, Miez, die Stadt ist in heller Aufregung. Kaum jemand traut sich noch allein auf die Straße, und selbst unter uns Vögeln haben sich viele entschieden, ihren Winterurlaub vorzuziehen.«

Die Miene der Katzendetektivin verfinsterte sich. »Das kann ich mir vorstellen. Wir müssen die Chartreux und den Verschlinger so schnell wie möglich aufhalten.«

»Deshalb bin ich hier, Miez«, sagte die Taube und tat ein paar wackelige Schritte auf dem Holzbalken. »Ich habe leider schlechte Nachrichten.«

»Auf eine mehr oder weniger kommt es auch nicht an. Sag schon, was ist los?«

»Die Archive von Murr – sie sind zerstört.«

Ungläubig sah Miez Marple ihre Freundin an. »Was soll das heißen, zerstört?«

»Ich wollte die Rolle, die du versteckt hast …«, Miez Marple funkelte die Taube an, die sofort begann, abwehrend mit den Flügeln zu schlagen. »Nein, so meine ich es nicht! Ich wollte sie zurückbringen! Doch als ich ankam, war die Menschenfeuerwehr bereits dabei, ihre Schläuche einzuholen.«

»Und Nostradamiaus?!«

»Ausgeflogen. Hoffe ich zumindest. Das Geschäft ist nur noch eine verkohlte Ruine. Ein Wunder, dass das Feuer nicht auf die Nachbargebäude übergegriffen hat.«

»Hast du jemanden in der Nähe gesehen, Betti?«

»Jetzt, wo du es sagst. Ein paar Gassen weiter haben sich zwei blau-graue Katzen herumgetrieben.«

Wütend schlug Miez Marple nach einem Stapel Papier und zerfetzte ein paar Seiten, sodass Betti erschrocken aufflatterte und ein paar Federn verlor. Diese verdammten Kartäuser! Mit Nostradamiaus war somit auch jede Hoffnung, mehr über den Verschlinger zu erfahren, buchstäblich in Rauch aufgegangen. Erst als sich Miez Marple wieder beruhigt hatte, bemerkte sie, dass Watson und Kommissar Milky Way neben ihr aufgetaucht waren. Zwei Rathauskatzen eilten herbei und entsorgten die frisch zerfetzten Papierschnipsel.

»Miez Marple«, sagte Kommissar Milky Way. »Alle Katzen und Kater sind von mir und der restlichen Polizei nach Hause begleitet worden.«

»Gut gemacht«, sagte Miez Marple und berichtete dann, was Betti ihr erzählt hatte.

»Die Archive von Murr?! Ich dachte, das sei eine Abenteuergeschichte für kleine Kätzchen.«

Miez Marple ignorierte ihn. »Watson, was konntest du herausfinden?«

Der schwarze Kater trug zwei herausgerissene Seiten Papier im Maul, die er nun vor Miez Marple ablegte.

»Ich habe mir den Echsenatlas, von dem du erzählt hast, noch einmal genauer angesehen und bin drauf gestoßen, dass es ein zweiteiliger Band ist. Du hast dir den ersten Band angesehen, vermute ich, denn der zweite war irrtümlicherweise neben dem *Eckenatlas* in der Geometrieabteilung einsortiert.«

Auf der Seite prangte ein Bild, das Miez Marples Schwanz buschig werden ließ. Das war er – der Verschlinger. In einer Infobox, die neben dem ausführlichen Beitrag abgebildet war, stand:

Komodowaran, der
Auch bekannt als Komododrache (lat. Varanus komodoensis). Der Komodowaran gehört zur Gattung der Warane und stammt von den Kleinen Sundainseln in Indonesien. Namensgebend ist die Insel Komodo. Er gehört zu den größten Echsen der Welt. Ein ausgewachsenes Exemplar erreicht eine Größe von über drei Metern und ein Gewicht von bis zu 80 kg. Sie können Beute erlegen, die um ein Vielfaches größer ist als sie selbst. Zu diesem Zweck produzieren sie in ihrem Maul ein Gift, welches Bewusstseinsverlust und Muskelstarre beim Opfer auslöst. Der Komodowaran gilt als vom Aussterben bedroht.

»Das ist er«, sagte Miez Marple und deutete auf die Abbildung. »Das ist der Verschlinger der Chartreux! Er hat mich auf dem Parkplatz attackiert.«

»Miez, bist du dir sicher?«, fragte Watson. »Diese Tiere sind hier absolut nicht heimisch. Es sind nur wenige Exemplare außerhalb von Indonesien beheimatet, und die könnten niemals ohne Weiteres bei unseren Temperaturen überleben.« Er sah auf die zugefrorenen Dachfenster.

»Watson, beim Samt meiner Pfoten, ich bin mir sicher! Das war es. Die Chartreux müssen einen Weg gefunden haben, diese Kreatur hier anzusiedeln. Larry ist als Leguan hier auch nicht heimisch und schafft es zu überleben.«

»Ich muss mich kurz einmischen«, sagte Kommissar Milky Way. »Nur weil diese Komodowarane Raubtiere sind, sind sie nicht gleich ›Kreaturen‹. Ich erinnere Sie daran, dass wir alle ein paar spitze Zähne im Maul tragen.«

Miez Marple schnaubte so heftig, dass sie etwas Staub vom Boden aufwirbelte. »Hören Sie auf, Milky Way! Sie sind doch der Erste, der alle Katzen über eine Bürste schert! Natürlich habe ich Krallen und Fangzähne, aber ich ziehe nicht mordend durch die Straßen. Bis auf diese übergeschnappten Kartäuser macht das auch sonst niemand.«

Milky Way wollte etwas sagen, wagte es aber nicht. Dass Miez Marple seine offizielle Vorgesetzte war, verwirrte ihn offenbar.

»Aber Miez, die Logik des Kommissars ist nicht von der Pfote zu weisen«, sagte Watson. »Die Tatsache, dass Komodowarane Raubtiere sind, impliziert nicht, dass sie ihr Jagdverhalten auf Straßenkatzen ausrichten. Da müssen die Chartreux nachgeholfen haben.«

»Du meinst, der Kult hat ein Tier in die Pfoten bekommen und es für seine Zwecke abgerichtet?«

»Möglich. Vermutlich ein Jungtier, das einfach zu beeinflussen war.«

Miez Marple putzte nachdenklich ihre Krallen und begann im Kreis zu gehen.

»Angenommen, wir haben es wirklich mit einer indoktrinierten Echse zu tun – wie können wir sie überwältigen? Wir wissen ja nicht einmal, wo der Kult sie versteckt!«

Immer wieder sahen ein paar Beamtinnen nervös zu ihr herüber und warteten darauf, endlich wieder mit ihrer neuen Bürgermeisterin sprechen zu können.

Miez Marple dachte an Scratchers Streit mit Tatzington auf dem Parkplatz des Gartencenters. »Wir müssen logisch denken«, sagte sie und zog weiter ihre Kreise auf dem Holzboden.

»Es gibt eindeutig eine Verbindung zwischen den Chartreux, dem Verschlinger und Magret Scratcher. Scratcher hat in den letzten Jahren die Straßenkatzen systematisch aus der Gesellschaft verdrängt, bis ihre Stammwählerschaft beinahe nur noch aus Hauskatzen bestand.«

Watson schaltete sich ein: »Ihre Sicherheitspolitik und die strengen Kontrollen in der Streunerkolonie hätten ohne die Morde etwas willkürlich ausgesehen.«

»Ich vermute, der Kult sollte Angst verbreiten, wie damals vor zehn Jahren. So konnte Scratcher ihre Position festigen.«

»Aber sie hatte nicht mit Krall Marx gerechnet«, warf Milky Way ein.

»Genau!«, Miez Marple nickte. »Krall Marx war ihr eine Pille im Futter.«

Milky Way schnappte wütend nach Luft. »Also hat sie ihn einfach umbringen lassen! Diese kaltblütige ...«

»Nein, Kommissar! Der Mord passierte viel zu schnell. Außerdem konnte zum Zeitpunkt der Wahl niemand mit dem Überraschungsauftritt der vier Pfoten und der anderen Straßenkatzen rechnen.«

»Also muss der Kult auf eigene Pfote gehandelt haben«, schloss Watson.

»Das würde sich mit der Unterhaltung decken, die ich zwischen Tatzington und Scratcher belauscht habe«, sagte die Katzendetektivin.

»Aber das heißt doch, wir haben rein gar nichts in der Pfote! Der Kult hält sich mit dieser Riesenechse versteckt, und Scratcher ist ebenfalls abgetaucht. Was sollen wir Ihrer Meinung nach tun? Wollen Sie weiter Bürgermeisterin spielen, bis wieder Leichen auftauchen?«

Plötzlich hielt Miez Marple inne und sah ernst in die Runde. »Milky Way! Natürlich!«, rief sie und drehte sich zu den Rathauskatzen um:

»Bereitet alles vor! Ich, die neue Bürgermeisterin, werde eine Pressekonferenz geben!«

ACHTZEHN

Allgemein waren Pressekonferenzen nicht für ihre entspannte Grundstimmung bekannt. Wenn etwas so wichtig war, dass die Öffentlichkeit in seriösem Rahmen informiert werden musste, konnte man sich sicher sein, dass es im Vorfeld nicht gelungen war, ausreichend Streu auf den Mist zu schaufeln, zu dem sich nun geäußert werden musste. In Pressekonferenzen entschuldigten sich Superstars wie Florian Silberschweif oder Miaudonna für ihre Eskapaden. Unternehmen räumten halbherzig Fehler ein, und Politikerinnen entschuldigten sich aus tiefstem Herzen und wiesen im gleichen Atemzug darauf hin, dass die Gegenseite ja auch nicht ganz unschuldig am eigenen Versagen war. In der Katzenwelt waren diese Veranstaltungen zusätzlich heikel. Zwar lagen Regierung, Gesetzgebung und Vollzug in den Pfoten der Katzen, doch die vierte Gewalt wurde traditionell gebellt. Jedes größere Medienhaus wurde von Hunden geleitet. Die *Bellt-Zeitung* war auf keinen Fall die informativste Lieferantin für Neuigkeiten. Auch waren die Artikel weder besonders gründlich recherchiert noch außergewöhnlich gut formuliert, nein. Sie waren vor allem zwei Dinge: laut und überall in der Stadt präsent. Aus diesem

Grund wurden Pressekonferenzen stets in der Hundezone im Stadtpark abgehalten. Miez Marple saß etwas abseits und betrachtete ihr Publikum, das noch damit beschäftigt war, hintereinander herzurennen oder sich am Hintern zu schnüffeln. Die Menschen, die ihre Hunde jeden Tag um die gleiche Zeit hierher ausführten, saßen auf den steinernen Bänken. Viele von ihnen hatten dicke Jacken und Mäntel an und trugen Mützen, um ihr erbärmliches Kopffell zu kompensieren. Sie unterhielten sich oder starrten auf ihre Handys, auf denen sie sich Fotos und Videos von ihren Hunden ansahen. Interessierte Katzen und Kater hielten sich in sicherer Entfernung hinter einer Hecke auf. Miez Marple atmete einmal tief durch und hüpfte auf eine der freien Steinbänke. Sofort waren alle Augen auf sie gerichtet. Hechelnd und nach Neuigkeiten sabbernd näherten sich die Reporter und Reporterinnen. Auch in den Bäumen über der Katzendetektivin machten sich einige Vögel bereit, scharf formulierte Kurzmeldungen hinauszuzwitschern. Miez Marple wartete ab, bis ein Briefträger vorbeigeradelt war und sie endlich die volle Aufmerksamkeit genoss.

»Geehrte Presse«, begann die Katzendetektivin. »Wie Ihnen bereits bekannt sein dürfte, wurde mir die Ehre zuteil, das Amt der Katzenbürgermeisterin zu übernehmen, bis der Mord an Krall Marx vollständig aufgeklärt ist.«

»Wissen wir längst«, rief eine Husky-Rüdin dazwischen. »Komm zum Punkt! Sonst seid ihr Katzen doch auch so schnell!«

Gelächter. Miez Marple blieb ruhig und lächelte.

»Mit Freude kann ich Ihnen mitteilen, dass der Fall bereits gelöst ist. Der Täter ist überführt!«

Kaum hatte sie den Satz beendet, ertönte ein aufgeregtes Bellen und Knurren, sodass einige der Menschen besorgt hinübersahen.

»Wer war es denn nun?«, fragte ein Staffordshire Terrier, den Miez Marple als Hund S. Thompson erkannte.

»Vor wenigen Stunden hat Kommissar Milky Way mit seinen Einsatzkräften den Futtermittelbaron Ethan von Mausenstein vor seinem Anwesen verhaftet.«

Die Journalisten und Journalistinnen bellten aufgeregt.

»Bei den polizeilichen Ermittlungen hat sich gezeigt, dass Mausenstein nicht nur in die Organisation eines äußerst fragwürdigen Fight Clubs eingebunden war, sondern auch in seiner Funktion als Wahlkampfleiter für Magret Scratcher weit über das Ziel hinausgeschossen ist.«

»Also hat er die armen Katzen ermordet?«, fragte ein Dackel und klang dabei etwas zu theatralisch.

»Er selbst nicht«, sagte Miez Marple. »Aber er hat die Taten in Auftrag gegeben. Dabei arbeitete er mit seinem Butler Tatzington und einem Kult fanatischer Kartäuser zusammen. Er wollte die daraus entstandene Unruhe für Magret Scratchers Kampagne nutzen. Scratcher selbst war jedoch zu keinem Zeitpunkt darüber informiert. Die Ermittlungen zeigen eindeutig, dass Mausenstein aus eigenem Antrieb gehandelt hat.«

Die Katzendetektivin sah zur Hecke hinüber, in der sich etliche Katzen irritierte Blicke zuwarfen.

»Natürlich ist der Tod von Krall Marx eine Tragödie. Viele Katzen und Kater haben in ihm unseren neuen Bürgermeister gesehen. Möge er in seinem nächsten Leben ein glücklicher Kater werden.«

Miez Marple machte eine Pause, und selbst die Presse verstummte für ein kurzes Gedenken. Dann holte die Katzendetektivin Luft und führte ihre Rede fort:

»Doch ich bin zuversichtlich! Denn jetzt, da die Unschuld von Scratcher eindeutig bewiesen ist, haben wir mit ihr unsere erfahrene Katzenbürgermeisterin zurück, die dieses Amt bereits zwei Wahlperioden lang ausgeübt hat. Ich freue mich, zu meiner Detektivarbeit und meinen Gedichten zurückzukehren. Magret Scratcher war bisher leider nicht zu erreichen, aber sobald auch sie von dieser Neuigkeit erfahren hat, wird sie umgehend vereidigt und in das Amt eingeführt.«

Protestierendes Miauen erklang, wurde aber prompt vom Gekläffe der Presse übertönt.

»Fragen zu Mausenstein und seiner Festnahme wird Kommissar Milky Way im Anschluss beantworten«, sagte Miez Marple und deutete auf den roten Kater, der nun aus der Hecke auf die Steinbank sprang und sich neben Miez Marple setzte. Seinem grimmigen Gesicht sah man an, dass es ihm lieber gewesen wäre, man hätte ihn stundenlang mit kratzigen Borsten gegen den Strich gebürstet, als hier zu sprechen. Doch natürlich hatte er keine Wahl. Der restliche Teil der Pressekonferenz war laut und hektisch. Während Milky Way mit gesträubtem Fell und lautem Fauchen Fragen beantwortete, sprang Miez Marple von der Bank. Sie huschte in das Gebüsch, in dem Watson auf sie wartete. Doch bevor sie ihren Freund erreichen konnte, stellten sich der Katzendetektivin vier kleine Kätzchen in den Weg.

»Das ist große Haarballkotze«, sagte Schnurrstus Jonas und sah Miez Marple böse an.

»Magret Scratcher wird uns alle fertigmachen!«

»Auch wenn du mich gerettet hast«, sagte Brösel mit belegter Stimme. »Ich bin ganz schön enttäuscht von dir.«

»Das tut mir leid, aber dafür habe ich gerade keine Zeit, Brösel. Ich muss jetzt leider gehen. Komm, Watson.«

Die Katzendetektivin und Watson hüpften über die vier Kätzchen hinweg, die mit großen, traurigen Augen ihrem einstigen Idol nachsahen.

Der Rathausplatz lag in einer verkehrsberuhigten Zone. So war es trotz zentraler Lage in der Nacht überraschend ruhig. Nur das Gegröle eines Mannes, der zu viel von diesem schäumenden, gelben Wasser getrunken hatte, das die Menschen so gernhatten, hallte durch die Gassen. Doch da war noch ein anderes Geräusch zu hören – Pfoten auf lockeren Dachschindeln. Vorsichtig balancierte jemand über das Rathausdach. Ein Schatten erschien vor den Fenstern des Dachbodens. Unter geübtem Einsatz von Pfoten und Kopf wurde die Dachluke aufgeschoben, die den Mitarbeitenden des Rathauses als Eingang diente. Der Schatten hüpfte hinab und landete auf einem Aktenstapel. Zu dieser Uhrzeit waren keine Angestellten im Rathaus, denn diese nahmen nur eins ernster als ihre Pflichten: den Feierabend. Die Gestalt schlich zielstrebig bis in die hinterste Ecke des Raumes. Dort hob sie eines der leichten, morschen Bretter im Boden an. Ein Hohlraum kam zum Vorschein. Der Schatten fischte mit einer Pfote die darin liegenden Dokumente hervor und begann, sie zu zerreißen.

»Stopp!«, schrie Miez Marple und sprang aus der Papierlade eines kaputten Kopiergeräts. »Haltet sie auf!«

Von einem der Dachbalken sprangen Watson und Milky Way auf die Katze herab, die nun fluchend zu Boden ging.

»Werte Bürgermeisterin«, sagte Miez Marple und ging auf Magret Scratcher zu, die erfolglos versuchte, sich zu befreien. »Wie Sie ja bereits richtig bemerkt haben, erledige ich meine Arbeit gewissenhaft!«

»Miez Marple! Ich hätte es wissen müssen.«

Vor einem der Fenster flog Bettis Schatten vorbei. Die Taube drehte draußen ihre Runden, um vor eventuellen Überraschungen zu warnen.

»Und doch konnte ich Sie überraschen«, gluckste die Katzendetektivin. »Ich war nicht sicher, ob Sie gleich auftauchen würden. Insgeheim hatte ich mich darauf eingestellt, mich mehrere Tage auf die Lauer legen zu müssen. Aber vielen Dank für Ihr vorzeitiges Erscheinen – dieser Kopierer ist nicht der komfortabelste Beschattungsposten.«

Magret Scratcher fauchte zwar, aber ihre Befreiungsversuche wurden zaghafter, bis sie schließlich einfach ruhig dalag. Zögerlich lockerten Watson und Milky Way den Griff. Der Kommissar positionierte sich vor der Dachluke und ließ Magret Scratcher nicht aus den Augen. Diese sah erwartungsvoll in die Runde.

»Was wollen Sie von mir?«

»Ganz einfach: Wir wissen, dass Sie mit den Chartreux gemeinsame Sache gemacht haben. Verraten Sie uns, wo sich der Kult aufhält, damit wir ihn stoppen können.«

Die Politikerin sah Miez Marple, Watson und den düster dreinblickenden Kommissar durchdringend an.

»Sie können mir gar nichts beweisen«, sagte sie, klang dabei jedoch nicht im Ansatz so überzeugt wie in den Reden, die sie in den letzten Jahren mit so viel rhetorischer Finesse gehalten hatte.

»Nicht?«, fragte Miez Marple. Die Katzendetektivin hüpfte zu den Papieren, die Magret Scratcher aus ihrem Versteck geholt hatte.

»Schauen wir doch einmal, welche Beweise Sie hier vernichten wollten.«

Miez Marple beugte sich über die Seiten. Es handelte sich um Rechnungen von einem Unternehmen namens *Rudi's Reptilien Paradies GmbH*. Die Rechnungsadresse war die der Menschenbürgermeisterin, bei der Magret Scratcher wohnte. In Interviews bei Larry dem Leguan hatte sie immer wieder erzählt, wie sie die Menschenfrau zu ihrer politischen Karriere inspiriert hatte. Schnurrend betrachtete Miez Marple die bestellten Gegenstände und las sie der Reihe nach vor:

»Terrarienpflanze XXL (7 Stück), Bodenstreu Lizard Deluxe (1 Mal 20 Liter), Heizleuchte UVB 50 Watt (3 Stück) – ich vermute, dass Sie diese Dinge nicht für Larry den Leguan eingekauft haben.«

»Wohin wurden die Sachen geliefert, Miez?«, fragte Watson.

»Die Adresse liegt im Baskervillage, gleich neben dem Chemiepark.«

»Ich informiere sofort das Hauptquartier. Wir werden diesen Kartäusern das Fell über die Ohren ziehen«, sagte Milky Way.

Daraufhin brach Scratcher in lautes Gelächter aus und wälzte sich mit dem Rücken auf dem Boden.

»Was soll daran jetzt so witzig sein?«

»Ich hatte Sie immer für klüger gehalten, Milky Way. Sie glauben doch nicht ernsthaft, dass Sie dort einfach so hineinspazieren können, oder? Haben Sie eine Ahnung, was der Verschlinger mit Ihren Leuten anrichtet, wenn sie einen Fuß in den Tempel der Chartreux setzen? Diese Fanatiker sind zu allem fähig.«

Miez Marple schlich nun ganz nah an die Katzenbürgermeisterin heran, baute sich vor ihr auf und sah ihr tief in die Augen.

»Es gibt keinen Grund mehr für Sie, die Überlegene zu spielen. Wir können mit diesen Dokumenten beweisen, dass Sie den Kult für Ihre Zwecke eingespannt haben. Allein dafür werden Sie bis ans Ende Ihres jetzigen Lebens in Haft sitzen.«

Scratcher zog eine verächtliche Grimasse, sodass ihre Fangzähne zu sehen waren. »Wenn das so ist, sehe ich auch keine Notwendigkeit, Ihnen in irgendeiner Form zu helfen.«

Die Katzendetektivin ließ amüsiert ihre flauschigen Ohren zucken.

»Ist das so? Dann haben Sie also kein Problem damit, wenn Milky Way Sie zu den Straßenkatzen sperrt, die Sie während Ihrer Amtszeit terrorisiert haben? Ich wette, einige sind ganz wild darauf, Sie einmal persönlich kennenzulernen.«

Zum ersten Mal tauchte ein Ausdruck von Unbehagen auf Scratchers Gesicht auf. Nervös trat sie von einer Pfote auf die andere, bis sie schließlich den Schwanz hängen ließ und zu Boden sah.

»In Ordnung«, flüsterte sie kleinlaut. »Sie haben gewonnen. Was wollen Sie wissen?«

»Beginnen wir am Anfang: Wie sind Sie auf die Chartreux aufmerksam geworden?«

Magret Scratcher putzte sich mit unnötiger Langsamkeit den Staub aus dem Fell. Erst als Milky Way wütend aufstöhnte, begann Scratcher mit ihrer Erzählung.

»Es begann auf einer Feier während meiner ersten Amtszeit. Das war vor sechs Jahren. Mausenstein hatte alle Katzen und Kater von Rang und Namen zu sich eingeladen, und da durfte ich als Bürgermeisterin natürlich nicht fehlen.«

»Ein Lobbytreffen also«, kommentierte Watson.

»Nennen Sie es, wie Sie wollen. Jedenfalls beeindruckte mich das Anwesen sehr. Ich unternahm einen Streifzug durch die Villa und stieß im Keller auf eine eiserne Tür, die nur angelehnt war. Dahinter befand sich ein riesiger Raum. Vertrocknete Bäume und tote Pflanzen standen darin, und in der Mitte ein ausgetrocknetes Wasserbecken. Von der Decke hingen Leuchten, wie man sie sonst in Terrarien findet. Dann entdeckte ich ein paar künstliche Felsen mit einer kleinen Nische, in der unzählige Knochen von unterschiedlichen Tieren lagen. Dann war da noch Katzenspielzeug, und die Krallenspuren im Boden waren größer als alle anderen Tierspuren, die ich in meinem Leben gesehen hatte.«

»Die Waranhöhle!«, platze Miez Marple heraus.

»Lassen Sie mich wenigstens meine Geschichte fertig erzählen«, gab Scratcher giftig zurück.

»Aber fassen Sie sich gefälligst kurz! Wir haben nicht die ganze Nacht Zeit!«, blaffte Milky Way.

Scratcher machte eine ironische Verbeugung und fuhr fort.

»Plötzlich stand Mausensteins Butler Tatzington in der Tür

und schrie mich an, was ich dort zu suchen hätte. Ich hatte zu dem Zeitpunkt schon eine leise Ahnung, dass das hier die Höhle des Monsters sein könnte, das zwei Jahre zuvor die Stadt in Angst und Schrecken versetzt hatte.«

»Was Ihnen zu dem Zeitpunkt zugutekam«, sagte Miez Marple.

»Das kann und will ich nicht leugnen. Tatzington erzählte mir, dass der alte Herr Sternholz den Waran illegalerweise im Keller hielt. Der Kult war fasziniert von dem Tier, da es sie an eine Gestalt aus ihrem abgedrehten Glauben erinnerte. Ein Drache, der alle unwürdigen Katzen fraß – der *Verschlinger*.«

Bei dem Wort verstellte Scratcher ihre Stimme, als erzähle sie eine Gruselgeschichte für kleine Kätzchen.

»Doch nachdem die Kartäuser den Waran einige Male freigelassen hatte, wurde er eines Nachts von einem Auto angefahren. Sternholz hatte Angst, dass jemand das Tier zu ihm zurückverfolgen könnte, und ließ den Keller einfach leer stehen. Sein Haus hatte schließlich genug Zimmer für andere Hobbys. Das alles erzählte mir Tatzington auf einiges Drängen hin, und da kam mir plötzlich eine Idee. Durch das Rathausnetzwerk hatte ich Kontakte in den städtischen Zoo. Ein Waran-Ei für einen neuen Verschlinger zu besorgen, war zwar kompliziert, aber letztlich ist es mir gelungen. Die Kartäuser versprachen im Gegenzug, mir bei meiner Wahl zur Seite zur stehen, sobald der Waran die entsprechende Größe erreicht hatte.«

Empört miaute Miez Marple auf. »Und Sie hatten keine Skrupel, den Waran auf unschuldige Straßenkatzen loszulassen?!«

»Ich frage Sie, Miez Marple, würden Sie gerne auf der Straße leben? Ich habe die alten Streunerkolonien gesehen: Überall herrschte Elend. Die Bewohnenden siechten dahin oder waren unterernährt. Das konnte ich nicht länger mitansehen! Selbst Mausenstein wäre nicht in der Lage gewesen, solche drastischen, aber notwendigen Maßnahmen zu ergreifen. Daher mussten wir ihn auch außen vor lassen. Als Politikerin muss man gelegentlich auch unbequeme Entscheidungen treffen. Ich habe nur getan, was getan werden musste!«

Plötzlich sprang Watson auf Scratcher zu und schlug mit seinen kleinen Pfoten auf die Katzenbürgermeisterin ein.

»Sie widerwärtige Mörderin!«, schrie der schwarze Kater und verpasste Scratcher mehrere brutale Hiebe mit seinen ausgefahrenen Krallen. Das war nicht Watson, der aus ihm sprach, das war Ripper. Erst als die Bürgermeisterin nach Luft schnappte und etwas Blut hinter ihrem linken Ohr hervorsickerte, griff Miez Marple ein und zog ihren Freund sanft, aber bestimmt zurück. Der Tonfall der Katzendetektivin war nun eiskalt.

»Und jetzt sagen Sie uns endlich, wie der Kult den Waran unter Kontrolle gebracht hat.«

Scratcher keuchte. »Konditionierung, wie sonst? Sie haben persönliche Gegenstände ihrer Opfer entwendet und dem Waran gegeben, damit er daran riechen konnte. Dann haben sie ihm Schmerzen zugefügt, damit er den Geruch mit etwas Feindseligem assoziiert. Erst wenn er die Quelle des Geruchs ausgeschaltet hatte, haben sie ihn wieder in Ruhe gelassen.«

»Die Diebstähle!«, rief Miez Marple. »Twilight und Krall Marx sind Dinge gestohlen worden.«

»Ganz genau. Doch ich hatte Tatzington extra angewiesen, zu warten. Bei ihm ist jedoch irgendwann die Milch sauer geworden, und es ging ihm nicht schnell genug. Er ...«

»Er hat Ihren Konkurrenten ausgeschaltet«, unterbrach Miez Marple.

»Dieser Kult ist völlig besessen von der Idee, die Stadt zu säubern. In ihren Augen sind alle Katzen, die auf der Straße leben, Unwürdige.«

»Ja, das wissen wir bereits. Und trotz dieses Wissens hat es Ihnen nichts ausgemacht, mit den Chartreux gemeinsame Sache zu machen. Sie widern mich an, Scratcher«, sagte Miez Marple und drehte sich herum. »Ich glaube, wir haben genug gehört. Milky Way, Sie haben doch sicher noch Platz in Ihren Kühlschränken, oder?«

»Augenblick! Das Wichtigste wissen Sie ja noch gar nicht.«

Fragend sah Miez Marple Scratcher an.

»Ich haben herausgefunden, dass Tatzington hinter meinem Rücken meine Quelle im Zoo ausfindig gemacht hat. Der Kult hat mindestens zwei weitere Eier in die Pfoten bekommen, und es ist nur eine Frage der Zeit, bis sie auch diese ausbrüten.«

Milky Way, Watson und Miez Marple sahen sich an.

»Das kann nicht Ihr Ernst sein!«, schrie Miez Marple die Bürgermeisterin an. »Wir müssen sofort etwas unternehmen. Wir wissen jetzt, wo sich der Tempel der Chartreux befindet. Aber wie können wir den Verschlinger aufhalten? Watson, was glaubst du?«

Der Kater, der sich seit seinem Wutanfall zurückgehalten hatte, kratzte sich mit seiner Vorderpfote am Hals.

»Ich habe eine Frage«, sagte er. »Es gibt einen Diebstahl, der bisher noch nicht zu einem Mord geführt hat.«

»Felicity Fellballs Stoffmaus!«, sagte Miez Marple.

»Ich hab's doch gewusst!« Milky Way konnte eine Spur von Triumph nicht verbergen.

»Aber Moment mal«, unterbrach Miez Marple. »Felicity Fellball ist eine Hauskatze, nein, DIE Hauskatze der Stadt. Warum sollten die Chartreux ihr etwas anhaben wollen?«

Magret Scratcher rollte mit den Augen. »Diese Wichtigtuerin ist neulich auf einer Party durch die Villa flaniert. Dabei hat sie ein Gespräch zwischen Tatzington und mir belauscht. Sie verlangte von uns, dass wir bei Mausenstein ein gutes Wort für sie einlegen und sie zu allen wichtigen Empfängen eingeladen wird, selbst wenn ihre Karriere als Katzenfuttermodel längst Geschichte ist.« Scratcher sah Miez Marple schadenfroh an. »Jetzt, wo Sie öffentlich über den Kult gesprochen haben, kann es nicht mehr lange dauern, bis Fellball die gleiche Behandlung erfährt, die dieser Polizeikater erhalten hat. Wenn es nicht bereits erledigt ist.«

Miez Marple fluchte laut. Felicity hatte sie also angelogen. Nun war es Watson, der seinerseits Miez Marple schnurrend beruhigen musste. »Miez, konzentrier dich! Wir haben jetzt in Erfahrung gebracht, wo der Waran als Nächstes auftauchen und wohin er wieder zurückkehren wird. Wir können es nicht mit dem Verschlinger und dem Kult gleichzeitig aufnehmen, aber ...«

»Aber wenn der Waran loszieht, um Felicity anzugreifen, wäre das die Gelegenheit, ihm eine Falle zu stellen! Ich habe auch schon eine Idee, wie. Lasst uns keine Zeit verlieren!«

Watson sah zu Milky Way, der nach wie vor pflichtbewusst das Dachfenster bewachte.

»Kommissar, Sie können diese Katze jetzt in Gewahrsam nehmen!«

Der rote Kater nickte, hüpfte hinab zu Magret Scratcher und drückte ihr eine Pfote ins Genick.

»Ich werde meine Leute ins Baskervillage schicken, sobald das hier erledigt ist. Machen Sie diesem Spuk ein Ende!«

Miez Marple und Watson sahen ein letztes Mal grimmig auf die Katzenbürgermeisterin. Kurz bevor sie den Dachboden verließen, rief diese ihnen hinterher: »War schön, Sie gekannt zu haben, Marple. Ich hoffe, es bleibt ein Stück von Ihnen übrig, damit die Würmer auch noch etwas zu fressen haben.«

NEUNZEHN

»Eine Sache verspreche ich dir, Watson«, sagte Miez Marple, während sie neben ihrem Freund durch die Straßen schritt. Der schwarze Kater sah sie aufmerksam von der Seite an. »Beim nächsten Fall, den du mir bringst, werde ich mich sofort brav in die Ermittlungen stürzen.«

Watson blinzelte und schnurrte. »Keine Sorge, Miez. Ich habe die Absicht, dir noch viele Jahre auf die Nerven zu gehen.«

»Meine Lieben, lasst uns doch erst einmal versuchen, *dieses* Abenteuer heil zu überstehen, so es das Schicksal denn will«, rief Betti aus der Luft.

Sie erreichten einen Kreisverkehr. Hier, so hatten sie es verabredet, trennten sich ihre Wege. Watson würde mit Betti die erste Ausfahrt nehmen, die geradewegs zu *Heike's Fellpalast* führte. Miez' Aufgabe war es, den Tempel der Chartreux im Baskervillage ausfindig zu machen und dort alles für die Ankunft des Warans und Milky Ways Leute vorzubereiten. Die drei wünschten sich viel Glück und gingen ihrer Wege.

Die Tierstylistin Heike Lausen hatte die Wohnung über ihrem Salon gemietet. So durfte Felicity Fellball des Nachts in den bequemen samtenen Körben schlafen, die eigentlich für die feine Kundschaft tagsüber reserviert waren, während sie auf ihre Fellkuren und Frisiertermine warteten. Watson hockte hinter einem Stromkasten auf der gegenüberliegenden Straßenseite und beobachtete, wie sich Felicity im schwachen Schein der Nachtbeleuchtung das Fell putzte. Betti hockte auf der danebengelegenen Bushaltestelle. Die Taube warf einen Blick in die leere Fußgängerzone. »Meinst du wirklich, der Verschlinger wird hier auftauchen?«

»Du hast Miez gehört: Wenn bis zum Morgengrauen nichts geschieht, konzentrieren wir uns auf den Tempel.« Schweigend betrachteten sie das Schaufenster. Plötzlich unterbrach Felicity ihr Reinigungsritual. Sie saß mit angehobener Pfote wie versteinert da. Neugierig schob sie ihren Kopf nach vorne und starrte zuerst auf das Dach der Bushaltestelle und anschließend auf den Stromkasten, woraufhin ihr Schwanz aufgeregt hin und her zu schwingen begann. Watson seufzte.

»Ich weiß nicht, wie Miez das immer macht. Ich fürchte, ich muss mir von ihr tatsächlich ein paar Tricks abschauen.«

Ein Schnappen erklang, als Felicity den Riegel von innen zur Seite schob, den Heike Lausen zu ihrer Sicherheit dort montiert hatte. Die Katzenklappe des Salons klapperte, und kurz darauf stand Felicity vor ihnen.

»Herbert Louis Jeremia Korbinian Watson!«, flötete Felicity. »Was verschafft mir die Ehre?«

Watson trat aus seinem Versteck hervor, während Betti weiter nervös in alle Richtungen blickte.

»Felicity, bitte begeben Sie sich augenblicklich zurück in ihr Domizil und verriegeln Sie die Tür! Es ist hier draußen nicht sicher für Sie!«

Die Katze miaute vergnügt. »Also, ich muss schon sagen: Dafür, dass Sie immer so gescheit daherreden, sind Sie aber nicht besonders intelligent! Wir befinden uns hier in einem absoluten Top-Stadtteil und nicht in einem aus Ihren Abenteuergeschichten.«

»Das wird den Chartreux herzlich egal sein«, sagte Watson und ging auf Felicity zu.

»Den Charwas?«, miaute sie schrill. »Ich habe keine Ahnung, wovon Sie reden!«

Kaum war das leichte Echo ihrer Worte in den Straßen verhallt, ertönte eine Antwort. Es war das kratzende Geräusch von Klauen auf Asphalt.

»Verschwinden Sie endlich!«, zischte Watson. »Betti, halte dich bereit und denk daran, was wir besprochen haben!«

Währenddessen schlug sich Miez Marple durch die verwilderten Grundstücke des Baskervillage. Vor etlichen Jahren hatte ein Menschenkonzern große Geldsummen an die Bewohnenden dieser Gegend gezahlt, damit diese sich anderswo ein Zuhause suchten. Ursprünglich sollte der kleine Ort am Stadtrand in das Industriegebiet integriert werden. Doch wie so oft, wenn Menschen Dinge planten, taten sie etwas völlig Irrationales und ließen die Gegend einfach verwildern. Zwar wurden einige der Wohnhäuser halbherzig abgerissen, aber ein großer Teil der kleinen Ortschaft stand noch immer. In den zerfallenen Vorstadthäusern mit den eingeschlagenen

Scheiben hausten Menschen, Katzen und andere Geschöpfe, die aus unterschiedlichen Gründen keinen Platz in der innerstädtischen Gemeinschaft fanden. Das Baskervillage war der Ort, vor dem Eltern ihre Kätzchen warnten. Die Katzendetektivin durchquerte mehrere Grundstücke, auf denen sich die Natur schrittweise ihren Platz zurückeroberte. Sie kroch durch eine Brombeerhecke und gelangte so in den Garten eines verfallenen Einfamilienhauses. Etwas klirrte. Miez Marple schreckte hoch und entdeckte die Sitzfläche einer Schaukel, die nur noch an einer Kette hing und vom Wind gegen das rostige Gestänge des Rahmens geschleudert wurde. Die Katzendetektivin sog tief die kühle Luft des Gartens ein. Es roch nach fauligem Holz und Bauschutt. Gerade wollte sie einen Schritt machen, da sah sie in wenigen Metern Entfernung eine blau-graue Katze, die vor der Gartentür des Hauses saß und sich aufmerksam umsah. Blitzschnell duckte sich Miez Marple in das feuchte Laub. Sie atmete flach, und ihr Herz hämmerte gegen ihre Rippen. Nichts. Die Katze hatte sie nicht bemerkt. Im nächsten Moment kam ein weiterer Kartäuser von rechts um das Haus geschlichen. Er setzte sich neben die Katze vor die Tür, woraufhin diese aufstand, dem Kater kurz zunickte und nun nach links um das Haus herumschlich. Wachablösung, dachte Miez Marple. Sie hatte den Tempel also gefunden. Milky Way würde einige Zeit brauchen, bis er mit seinen Leuten hier eintraf. Sie musste einen Weg ins Innere finden. Die Katzendetektivin nahm das Gebäude in Augenschein. Im ersten Stock gab es ein Fenster. Die Plastikfolie, mit der versucht worden war, das fehlende Glas zu ersetzen, flatterte im Wind. Davor hing ein Blumenkasten, aus dem verdorrte Pflanzenreste hervorragten. Miez Marple überlegte. Vielleicht konnte sie über das rostige Fallrohr der Regenrinne nach oben klettern und von dort aus auf den Kasten springen und ins Haus gelangen. Sie wartete, doch der Kartäuser bewegte sich keinen Zentimeter. Als sie gerade schon versuchen wollte, auf die andere Seite des Hauses zu gelangen, zuckten die Ohren des Wachpostens. Miez Marple lauschte, und jetzt hörte auch sie ein Rascheln im Gebüsch. Der Wachkater begab sich in Lauerstellung. In einer Hecke etwa drei Meter links von der Katzendetektivin knisterte es. Sie versuchte, etwas zu erkennen, doch außer Laub und toten Ästen schien da nichts zu sein. Als der Wachkater sich in Bewegung setzte, drückte sie sich noch tiefer ins feuchte Gras.

»Wer ist da?«, rief der Kartäuser. Keine Antwort. Miez Marple nutzte die Gelegenheit und schlich so leise wie möglich nach rechts in Richtung Fallrohr.

Watsons Atem stockte, als der Waran um die Ecke bog. Zuerst erschien ein breiter, kantiger Kopf mit einem riesigen Maul, aus dem in kurzen Abständen eine lange Reptilienzunge hervorschnellte. Der restliche Schuppenkörper war erdbraun und maß vom Kopf bis zur Schwanzspitze bestimmt zwei Meter. Das Tier schnaubte, als es Felicity Fellball entdeckte. Die Katze miaute schrill auf. Die kurzen, aber muskulösen Beine trugen den Waran gezielt in Richtung Salon.

»Was für ein grässliches Ungeheuer! Watson, tun Sie etwas!«
Der Komodowaran tat einige schnelle Schritte auf sie zu und fauchte.

»In den Laden, Fellball!«, schrie Watson. »Schließen Sie die Katzenklappe und verstecken Sie sich!«

Wieder ein Schnauben. Das schuppige Monstrum kam immer näher.

»Ich wecke Heike! Die wird mit dem Besen kommen und ...«

Watson fauchte. »Sind Sie wahnsinnig?! Wenn Sie an Ihrer Menschenfrau hängen, dann lassen Sie sie schlafen!«

Endlich besann sich Felicity und rannte durch die Katzenklappe. Das Schnappen des Riegels erklang. Der Waran machte einen Satz nach vorne und war jetzt nur noch wenige Zentimeter von Watson entfernt. Der Kater roch den fauligen Atem und sah in das riesige Maul mit den kräftigen Kiefern und den spitzen Zähnen.

Was auch immer da links von Miez Marple im Garten vor sich ging – das hier war ihre Gelegenheit. Sie sprintete durch das Gras und erreichte kurz darauf das rostige, verbogene Fallrohr. Die Metallmuffen, mit denen es an der Wand befestigt war, ermöglichten es ihr, in wenigen Sätzen nach oben zu klettern. Als sie die Höhe des Fensters erreicht hatte, sah sie kurz hinab. Der Kartäuser schlich auf ein Gebüsch zu und nahm keine Notiz von ihr. Jetzt fixierte sie das Fenster. Sie hatte nur diese eine Chance. Die Katzendetektivin spannte die Muskeln in ihren Hinterbeinen an, schloss kurz die Augen, atmete tief durch, öffnete die Augen wieder und sprang. So weit sie konnte, streckte sie ihre Vorderpfoten aus, doch bereits im Flug stellte sie fest: Es reichte nicht. Sie machte sich so lang wie möglich. Zwei Zentimeter. Ein Zentimeter. Sie fuhr ihre

Krallen aus und spreizte die Zehen. Da! Ein Widerstand – Miez Marples Krallen gruben sich in das Plastik des Blumentopfs. Als ihr Unterkörper nach unten absackte, zog sie sich mit ihren Vorderbeinen nach oben, während sie gleichzeitig mit den Hinterpfoten versuchte, an der Unterseite des Kübels Halt zu finden – bis dieser plötzlich langsam auf sie zukippte. Miez Marple nahm all ihre Kraft zusammen, sprang senkrecht nach oben auf die Fensterbank und glitt durch das geöffnete Fenster. Kurz darauf hörte sie, wie der Blumenkasten draußen auf den Boden knallte. Dann herrschte Stille. Miez Marple wartete ab. Nichts. Sie hatte es geschafft. Doch als sie sich gerade im Gang umsehen wollte, traf sie etwas am Hinterkopf, woraufhin sie benommen zu Boden sackte.

Der Waran schnappte nach Watson. Dieser wich aus und rannte ein paar Meter in Richtung Bushaltestelle. Doch statt ihm zu folgen, drehte sich der Waran wieder zur Salontür. Er stellte sich auf die stämmigen Hinterbeine und richtete sich zu seiner vollen Größe auf. Dann ließ er sich mit seinem ganzen Gewicht gegen die Tür fallen. In einer Wohnung über einer Luxusboutique ging das Licht an. Wenn die Menschen den Waran entdeckten, würde es ein Blutbad geben. Das musste Watson um jeden Preis verhindern.

»Betti, es geht los!«, rief Watson.

Die Taube breitete ihre Schwingen aus und schoss mit einer irrwitzigen Geschwindigkeit auf den Rücken der Echse zu. Kurz vor deren Nacken bremste sie ab und fing an, um ihren Kopf herumzuschwirren und nach ihm zu picken und zu kratzen. Der Waran fauchte durchdringend und schnappte nach Betti. Diese war jedoch zu schnell und wich aus. Dann landete sie in einiger Entfernung auf dem Boden. Der Verschlinger drehte sich um und raste auf sie zu. Er hatte sie beinahe erreicht, da hob die Taube wieder ab. Dafür sprang jetzt Watson auf den schuppigen Rücken. Zunächst bemerkte der Verschlinger den kleinen Kater gar nicht. Erst als Watson damit begann, mit seinen Krallen auf den Schuppenpanzer loszugehen, nahm er von ihm Notiz. Zwar richtete Watson keinen Schaden an, dafür war die Haut des Warans zu dick, aber es schien ihm gar nicht zu behagen, dass etwas auf seinem Rücken saß. Der Waran bäumte sich auf und schüttelte sich. Watsons Krallen fanden keinen Halt in dem Echsenpanzer, und er wurde in hohem Bogen davongeschleudert. Verwirrt sah sich das gigantische Wesen um. Es hatte nicht mit so viel Gesellschaft gerechnet. Doch Gelegenheit, sich zu erholen, blieb ihm nicht, denn jetzt schoss wieder Betti auf ihn zu und attackierte sein Auge. Der Waran schnaubte wütend.

»Komm schon!«, rief Watson und rannte ein Stück die Straße hinunter. Der Waran zögerte kurz, erkannte aber, dass er keine Ruhe haben würde, bis er diesen lästigen Vogel und den winzigen Kater beseitigt hatte. Er rannte auf Watson zu. Auf diese Weise gelang es Betti und Watson, den Verschlinger vom Salon und aus der Innenstadt wegzulocken. Immer wieder attackierten sie das Tier und provozierten es mit wilden Manövern. In den Straßen, die sie so durchquerten, waren kaum Menschen unterwegs. Die, die überhaupt Notiz von Watson, Betti und dem Waran nahmen, waren selbst so verängstigt, dass sie sich versteckten oder schreiend davonliefen.

Als das kämpfende Trio nach einer Weile den Stadtrand erreichte, bemerkte Watson, dass der Waran langsamer wurde.

»Er kühlt aus«, rief Watson Betti zu. »Wie Miez es vorausgesagt hat.« Ein weiteres Mal versuchte Watson den Verschlinger zu reizen, doch der reagierte kaum noch. Für den wechselwarmen Killer war es ein Spiel auf Zeit gewesen. Wenn er jetzt nicht rasch zu seinem Unterschlupf zurückkehrte, würde er in der eisigen Nacht auskühlen und in eine Starre verfallen. Der Waran machte sich auf in Richtung Baskervillage.

»Wir müssen Milky Way informieren! Flieg voraus, ich folge dem Waran!«

Als Miez Marple die Augen öffnete, brauchte sie einen Moment, um sich zu orientieren. Als sie dann sah, wo sie sich befand, rieb sie sich ungläubig mit den Pfotenballen über die Augen, als könne sie so das Bild vertreiben, das sich ihr bot. Sie befand sich in einem Dschungel. Anders konnte man es nicht nennen. Es war unerträglich schwül, und es roch nach trockenem Holz und Wildnis. Großblättrige Pflanzen mit prächtigen Blüten umringten sie. Erst als sie die nackten Betonwände entdeckte, realisierte Miez, dass sie sich in einem Raum befand. Ja, es war ein Dschungel, aber in einem Haus. Den Fenstern unter der Decke nach zu urteilen, musste es sich um einen Keller handeln. In der Mitte des Raums befand sich ein großes Wasserbecken. Miez Marple reckte den Kopf nach oben. Sie zählte drei vergitterte Wärmelampen, die von der Decke hingen und den Raum so ausleuchteten, dass der Eindruck entstand, es sei taghell. An den Wänden waren Zeichnungen, die mit einem spitzen Gegenstand – oder mit

Krallen? – hineingeritzt worden waren. Sie zeigten Szenen mit Katzen und Menschen: Katzen, die sich an Hosenbeine schmiegten, Katzen, die vor Kaminen dösten, Katzen, die mit Menschenkindern spielten, Katzen, die Mäuse vor die Tür von Menschen legten – es schien kein Ende zu nehmen. Miez Marple waren schon öfter Menschen begegnet, die besessen von Katzen waren. Agathe Christiansen bildete da keine Ausnahme. Aber noch nie hatte sie von Katzen gehört, die eine so große Obsession für die Zweibeinigen hegten.

»Willkommen in unserem Heiligtum«, sagte eine vertraute Stimme über ihr. Miez Marple sah nach oben. Direkt über ihrem Kopf befand sich ein weiteres Fenster – das einzige, das nicht verschlossen war. Eine Rampe führte nach oben. Dort saß Tatzington und blickte auf die Katzendetektivin hinab.

»Sie hätten gut daran getan, unseren Namen aus der Öffentlichkeit herauszulassen.«

»Ach ja?«, gab Miez Marple zurück. Ihr Schädel brummte noch immer. »Was nützt es denn, wenn ihr euch schon für die besseren Katzen haltet und niemand davon weiß?«

»Ihre Naivität ist beeindruckend. Schade, ich hätte mir gern angehört, wie Sie Ihre Verblendung rechtfertigen, aber der Verschlinger wird jeden Moment hier sein und Sie für Ihren Frevel bestrafen.«

Tatzington sah zum Abschied ein wenig sorgenvoll auf die Katzendetektivin herab.

»Ich hoffe, er hat noch Platz im Bauch für zwei weitere Unwürdige.«

Dann schob sich ein Brett vor das Fenster, und Miez Marple blieb zurück mit dem Surren der Heizleuchten. Was war das für ein seltsamer Abschied? Zwei weitere? Meinte er Watson? Wo war ihr Freund eigentlich? Die Katzendetektivin hatte keine Ahnung, wie lang sie bewusstlos gewesen war. Sie sah hinauf zu dem verschlossenen Fenster. Davor lehnte eine massive Holzplatte. Die Krallenspuren auf dem Holz verrieten, dass hier der Verschlinger ein und aus ging, um das grausame Werk der Chartreux zu verrichten. Miez Marple kam auf die Pfoten und sah, dass der Boden unter ihnen über und über mit einem organischen Material bedeckt war. Bodenstreu Lizard Deluxe, dachte sie und erinnerte sich an die Rechnung, die sie im Rathaus gefunden hatte. Die Katzendetektivin durchschritt einige Farne und miaute laut auf, als sie beinahe über den reglosen Körper vor ihr stolperte. Das dichte braun-weiße Fell mit den schwarzen Sprenkeln deutete auf einen Sibirischen Kater hin. Miez Marple stupste ihm mit der Pfote gegen die Flanke, woraufhin der Kater zusammenzuckte. Er lebte noch! Verwirrt drehte er sich zu Miez Marple um, und als er sie erkannte, leuchteten seine Augen auf:

»Sie sind ja tatsächlich gekommen!«

»Gisbert? Gisbert Puschel?«, fragte die Katzendetektivin überrascht.

»So ist es«, gab der flauschige Kater zurück und streckte sich. »Mein Schädel. Diese entsetzlichen Zeitgenossen haben mich niedergeschlagen. Dabei wollte ich nur schauen, ob der Geisterhund wieder da ist.«

»Sieht das hier wie eine Hundehütte für Sie aus?« Miez Marple war zwar froh, dass der Kater noch am Leben war, aber für eine derartige Begriffsstutzigkeit hatte sie keine Geduld.

Sie erklärte ihm die Situation – etwas anderes konnte sie zu diesem Zeitpunkt ohnehin nicht tun.

»Sie waren tatsächlich Bürgermeisterin?«, fragte Gisbert belustigt. »Da habe ich ja wirklich eine ganze Menge verpasst. Vielleicht sollte ich mir doch einen Platz in der Streunerkolonie suchen.«

»Vor allem sollten wir uns überlegen, wie wir hier herauskommen.«

Miez Marple sah sich um und entdeckte vor sich etwas, was sie zunächst für trockenes Holz gehalten hatte. Tierknochen. Dazwischen lag eine Babydecke mit rosa Wölkchen darauf und eine kleine Stoffmaus.

»Wir müssen schleunigst hier raus.«

Gisbert nickte. Gemeinsam rannten sie die Rampe hinauf zu der Holzplatte, die das Fenster verschloss. Gerade wollte Miez Marple einen Versuch starten, das Brett nach oben zu schieben, da hörte sie von draußen ein Geräusch. Ein Schnauben und Kratzen. Der Verschlinger. Das Brett vor dem Fenster wurde senkrecht nach oben gezogen. Eine gespaltene Zunge erschien in dem Spalt, und dann quetschte der Waran seinen Kopf durch die Öffnung. Er war langsam. Betti und Watson hatten ihn wohl einige Zeit abgelenkt, aber nicht lange genug. Der riesige Kiefer schnappte zu und verfehlte nur um Schnurrhaaresbreite Gisbert Puschel und Miez Marple, die erschrocken von der Rampe sprangen. Als der gesamte Körper des Reptils im Raum war, fiel das Brett wieder von oben vor das Kellerfenster. Die Katzendetektivin war auf ihren Pfoten gelandet. Fauchend stürmte der Waran die Holzrampe hinunter. Sie saßen in der Falle. Gisbert Puschel rappelte sich auf, doch als er das Monstrum in seiner vollen Größe erblickte, blieb er wie angewurzelt stehen. Die Bewegungen des Verschlingers wurden schneller. Die Wärme und das Licht hauchten ihm neue Energie ein. Miez Marple sah nach oben auf die Heizleuchten. Eine von ihnen hing an einem recht wackelig aussehenden Haken von der Decke. Darunter befand sich die Wasserstelle. Sie hatte eine Idee. Doch vorher musste sie den verängstigten Gisbert retten. Miez Marple rannte los. Der Waran hatte den Kater beinahe erreicht. Die Katzendetektivin sprang von hinten über den Schwanz des Warans, hüpfte blitzschnell auf dessen Rücken und von dort nach vorn, wo Gisbert wie ein Reh ins Scheinwerferlicht starrte. Sie tackelte den Kater zur Seite und rollte sich über den Boden. Hinter ihnen brüllte der Waran.

»Gisbert! Bei allem, was dir wichtig ist, du musst dich in den Teich stellen.«

»Wa... was?!«

»Los jetzt!«, schrie Miez Marple. Ohne zu wissen, wie ihm geschah, rannte Gisbert los. Vor dem Rand des Beckens zögerte er kurz. Doch als er das Monstrum wieder auf sich zurennen sah, gehorchte der Kater der Katzendetektivin und stieg mit seinen Pfoten in das brackige Wasser.

»Wenn ich sage ›jetzt‹, musst du sofort aus dem Becken raus. Und ich meine SOFORT.«

»O... okay!«, gab Gisbert zur Antwort.

Der Waran preschte nach vorne. Wasser spritzte zu allen Seiten, als er in das Becken sprang.

»Jetzt!«, schrie Miez Marple, und Gisbert Puschel sprang aus dem Becken. Ein weiteres Mal hüpfte die Katzendetektivin auf den Rücken des Tiers und krallte sich an seinem Nacken fest. Der Verschlinger ließ ein durchdringendes Brüllen erklingen und stellte sich auf die Hinterbeine. Miez Marple sah nach oben und sprang mit aller Kraft an die Leuchte. Die Hitze war unerträglich. Sie bekam das Schutzgitter zu fassen, das um die Lampe herum angebracht war, und zog mit aller Kraft daran. Erst geschah nichts, doch dann rieselte etwas Staub auf ihren Kopf, und der Haken, an dem die Heizleuchte gehangen hatte, riss mitsamt Dübel aus der Decke. Irritiert sah die Echse nach oben. Die Katzendetektivin drehte sich im Flug und stieß sich auf der Schnauze des Verschlingers ab. Die Lampe stürzte direkt vor der Echse ins Wasser. Es gab einen Knall. Funken stoben in alle Richtungen. Dann gingen die Lichter aus. Der gigantische Körper des Warans zuckte einmal heftig und fiel dann reglos in das Becken. Miez Marple landete keuchend neben Gisbert. Sie hatte Stille erwartet, doch draußen herrschte ein Tumult. Fauchen, Kreischen und Miauen. Mit einem Mal wurde das Brett vor dem Fenster nach oben gezogen.

»Watson, Milky Way! Hier, hier ist sie! Sie lebt!«

Betti flatterte in den Keller. Jetzt hörte Miez Marple, wie der Kommissar draußen seine Leute anbrüllte, während sie den Tempel der Chartreux stürmten. Es war vorbei.

ZWANZIG

»Wir hatten noch nie so viele Partys«, rief Schnurrstus und strahlte Miez Marple an. Sie standen auf der Lichtung in der Streunerkolonie, während um sie herum alles für eine weitere Feierei vorbereitet wurde.

»Buster hat eine ganze Kiste Thunfisch auf dem Markt geklaut.«

»Gefunden!«, korrigierte Peter.

»Ja«, sagte Bobcat. »Wenn man was von Menschen nimmt, heißt es ›finden‹!«

»Hast du eigentlich viel Angst gehabt, als du gegen den Verschlinger kämpfen musstest?« Brösel kuschelte sich an die Katzendetektivin und sah sie von unten mit großen Augen an. Miez Marple lächelte.

»Ein bisschen schon«, gab sie zu. »Wenn man gar keine Angst hat, dann ist einem alles egal – und das ist nicht gut.«

Sie gefiel sich in der Rolle der Erzieherin und machte sich eine Notiz, diesen Gedanken später in einem Gedicht zu verarbeiten. Aber dazu musste sie erst einmal wieder zur Ruhe kommen. Überhaupt war nach den Ereignissen im Baskervillage alles recht schnell gegangen. Milky Way und seine Leute waren noch immer in der Stadt unterwegs und verhafteten die Kultmitglieder, die entkommen waren. Da alle von ihnen Hauskatzen waren, war es ein Leichtes, sie aufzuspüren. Miez Marple hatte auf ihrem Weg in die Streunerkolonie bereits mehrere Steckbriefe gesehen, auf denen Menschen nach ihren entlaufenen Kartäusern suchten. Watson und Betti hatten im Tempel der Chartreux auch die beiden Waran-Eier sichergestellt und sie umgehend zurück in den Zoo gebracht. Miez Marple hatte sich dagegen ausgesprochen, die Eier zu zerstören. Der Verschlinger war in Wahrheit ein tragisches Opfer gewesen. Sie hoffte, dass die zwei anderen Echsen mit Werten aufwuchsen, die weniger fanatisch waren. Und falls nicht, dann gab es immer noch die dicken Mauern des Zoos, die die Welt vor den Riesenechsen beschützten. Watson gesellte sich zu Miez und den vier Pfoten.

»Watson!«, schrien die vier und stürzten sich auf den schwarzen Kater, der widerwillig die Liebkosungen der Kätzchen über sich ergehen ließ.

»Miez«, rief er nach einer Weile. »Bitte! Hilf mir!«

»Na gut«, sagte sie lachend. »Aber nur, weil du mich aus diesem Loch geholt hast.«

»Wir müssen gleich los, die Vereidigung beginnt!« Und mit einem Blick auf die vier Kleinen fügte er hinzu: »Ihr auch! Schließlich müsst ihr unsere neue Bürgermeisterin begrüßen!«

»Au ja! Freya wird eine super Bürgermeisterin. Meint ihr, sie wird uns zu offiziellen Detektiven ernennen?«

Watson und Miez Marple sahen sich an.

»Wenn ihr still sitzt und zuhört, vielleicht.«

Auch Betti kam nun herbeigeflattert. An ihrer Seite befand

sich ein Täuberich, den Miez Marple schon bei Bertis Trauerfeier gesehen hatte.

»Ich dachte, ihr seid schon längst auf dem Weg zum Rathaus«, rief Betti. »Alle warten nur auf euch.«

Interessiert sah Miez Marple den Täuberich an. Betti bemerkte den Blick und sah schüchtern zur Seite. Dann sagte sie: »Pedro, flieg schon einmal vor, ich komme gleich nach.«

Der Täuberich sah Betti noch einmal mit leuchtenden Augen an und erhob sich dann in die Luft.

»Pedro also«, sagte Miez Marple. »Habt ihr euch bei Nimmermehrs Podcast kennengelernt?«

Betti schüttelte vehement das Köpfchen.

»Mit Nimmermehr habe ich abgeschlossen. Dieser Aasvogel hatte deine ganze Geschichte um Twilight und die Chartreux bereits schamlos ausgeschlachtet, da war der Körper des Verschlingers noch nicht einmal kalt.«

»Pedro scheint dich sehr zu mögen«, sagte Watson.

»Ja«, sagte die Taube und kicherte. »Ich weiß nicht, was das ist, aber das erste Mal seit Bertis Tod kann ich wieder fröhlich sein. Das habe ich euch beiden zu verdanken.«

Auf einmal gab es ein Geschrei. Die vier Pfoten fauchten so laut sie konnten.

»Achtung! Schlange!«, riefen sie im Chor.

Miez Marple drehte sich um und entdeckte Sybylle Zisch, die Aufnahmeleiterin von Larry dem Leguan. Sie sah nervös wie immer aus. Dass sie nun von vier hyperaktiven Kätzchen angestarrt wurde, verstärkte diesen Eindruck noch weiter.

»Lasst sie!«, rief Miez Marple. »Das ist außerdem eine Echse!«

»Aber sie hat gar keine Beine!«

»Haut endlich ab zum Rathaus, sonst macht ich *euch* Beine«, sagte Miez Marple. »Betti wird euch mitnehmen.«

Als die Taube mit den vier Pfoten außer Sichtweite war, sah die Katzendetektivin die Blindschleiche an.

»Was wollen Sie von mir?«

»Larry schickt mich. Ich sssoll dich fragen, ob du Lussst hast auf eine neue Sssendung. Eine Verssssöhnnung sssozusagen. Echsklusssiv dir zzzu Ehren!«

Miez Marple lachte. Sie hatte nicht vor, dem Leguan dabei zu helfen, seinen beschädigten Ruf wiederherzustellen.

»Vielen Dank«, sagte die Katzendetektivin. »Aber ich habe Wichtigeres zu tun. Die Tiere dieser Stadt brauchen mich.«

DANK

Dass Miez Marple nun bereits ein zweites Mal ermitteln durfte, habe ich vielen Menschen und Tieren zu verdanken. Ganz besonders möchte ich mich bei Selina Seemann und Henrike Dusella für das Probelesen und die wertvollen Hinweise in der frühen Phase bedanken. Auch großen Dank an Petra, die das Buch (und mich) in allen Phasen erlebt hat und mich stets so liebevoll unterstützt, dass ich ohne sie dieses Buch nie fertiggestellt hätte. Danke an Clemens Bruno Gatzmaga und Elias Hirschl für gemeinsame Schreibdates. Und großen Dank an die Buchblogger*innen, Twitteruser*innen und Leser*innen, die mich mit ihren lieben Rückmeldungen auf den ersten Band bestärkt haben. Danke auch den Menschen, die zu den Lesungen kommen, der Elisabeth-Ruge-Agentur, der Igel-Gruppe und meiner Lektorin Kirsten. Der letzte Dank gilt den zwei Katzen in meinem Leben: danke Pixel und Tinte für alles!